FOLIO JUNIOR

www.narnia.com

Titre original : *The Horse and his Boy*

Published by Editions Gallimard Jeunesse under license from the C. S. Lewis Company Ltd.

C. S. Lewis

Le Cheval et son écuyer

Illustrations de Pauline Baynes

Traduit de l'anglais
par Philippe Morgaut

GALLIMARD JEUNESSE

Le Monde de Narnia

1. Le Neveu du magicien
2. Le Lion, la Sorcière Blanche et l'Armoire magique
3. Le Cheval et son écuyer
4. Le Prince Caspian
5. L'Odyssée du Passeur d'Aurore
6. Le Fauteuil d'argent
7. La Dernière Bataille

À David et Douglas Gresham

Chapitre 1

Comment Shasta se mit en route

Voici le récit d'une aventure qui s'est déroulée à Narnia, à Calormen et dans les contrées qui les séparent, durant l'Âge d'Or où Peter était roi suprême de Narnia, son frère et ses deux sœurs roi et reines en dessous de lui.

En ce temps-là vivaient dans une petite crique marine, à l'extrême sud de Calormen, un pauvre pêcheur nommé Arsheesh, et à ses côtés un jeune garçon qui l'appelait « père ». Le nom du jeune garçon était Shasta. La plupart du temps, Arsheesh partait sur son bateau le matin pour aller pêcher et, l'après-midi, il attelait son âne à une charrette dans laquelle il chargeait le poisson pour aller le vendre au village, à environ deux kilomètres au sud. S'il avait bien vendu, il rentrait à la maison d'assez bonne humeur et ne disait rien à Shasta, mais s'il avait mal vendu, alors il trouvait un reproche à lui faire et, parfois, le frappait. Il y avait toujours quelque chose à reprocher à Shasta, car il avait beaucoup de tâches à accomplir, comme de repriser et laver les filets, préparer le dîner et faire le ménage dans la chaumière où ils habitaient tous deux.

Shasta ne s'intéressait pas du tout à ce qui se trouvait au sud de chez lui car il était allé une ou deux fois au village avec Arsheesh et il savait qu'il n'y avait là-bas rien de passionnant. Il n'y avait croisé que des hommes en tout point semblables à son père, des hommes portant de longues tuniques sales, des sabots de bois aux bouts relevés, un turban sur la tête et une barbe, et qui s'entretenaient très lentement de choses ennuyeuses. Mais il était très intéressé par tout ce qui se trouvait au nord, car personne n'allait jamais dans cette direction, et lui-même n'était pas autorisé à y aller. Quand il était assis sur le seuil, occupé à repriser les filets, il regardait souvent vers le nord avec curiosité. On ne voyait rien d'autre qu'une pente herbeuse montant jusqu'à une crête plate et, au-delà, le ciel traversé à l'occasion par quelques oiseaux.

Parfois, profitant de la présence d'Arsheesh, Shasta lui demandait :

– Ô mon père, qu'y a-t-il là-bas, derrière cette colline ?

Et alors, si le pêcheur était de mauvaise humeur, il giflait Shasta à tour de bras en lui disant de s'occuper de son travail. Ou bien, s'il était dans un état d'esprit pacifique, il lui répondait :

– Ô mon fils, ne te laisse pas distraire par des questions oiseuses. Car un de nos poètes a dit : « L'acharnement au travail est la source de toute prospérité, tandis que ceux qui posent des questions ne les concernant pas pilotent le vaisseau de leur folie vers le rocher de l'indigence. »

Shasta pensait qu'il devait y avoir au-delà de la colline quelque secret délectable que son père souhaitait lui dissimuler. Alors qu'en fait le pêcheur parlait ainsi parce qu'il ne savait pas ce qui se trouvait au nord et ne s'en souciait pas non plus. Il avait un esprit très terre à terre.

Un jour arriva en provenance du sud un étranger qui ne ressemblait à aucun des hommes que Shasta avait pu voir jusqu'alors. Il montait un cheval puissant à la robe pommelée, queue et crinière au vent, bride et étriers incrustés d'argent. L'homme portait une cotte de mailles et l'on voyait saillir la pointe d'un casque au centre de son turban de soie. À son côté pendait un cimeterre ; il portait accroché à son dos un bouclier circulaire clouté de gros cabochons de cuivre doré, et il tenait fermement une lance dans sa main droite. Le teint de son visage était sombre, ce qui n'avait rien pour surprendre Shasta car les gens de Calormen sont tous comme ça. Ce qui, en revanche, l'étonna, ce fut la barbe de cet homme, teinte en cramoisi, frisée et toute brillante d'huile odorante. Mais Arsheesh comprit, en voyant de l'or luire sur le bras nu de l'étranger, que c'était un tarkaan, un grand seigneur. Il ploya l'échine devant lui en s'agenouillant jusqu'à ce que sa barbe touche le sol et fit signe à Shasta de s'agenouiller aussi.

L'étranger requit l'hospitalité pour la nuit, ce que, bien sûr, le pêcheur n'osa refuser. Tout ce qu'ils avaient de meilleur fut disposé devant le tarkaan pour son souper (il ne l'apprécia que modérément), tandis que Shasta, comme toujours quand le pêcheur avait de la compagnie, fut expulsé de la chaumière, doté d'un quignon de pain. En ces occasions, il dormait avec l'âne, dans la petite écurie au toit de chaume. Mais il était beaucoup trop tôt pour aller dormir, et Shasta, à qui l'on n'avait jamais appris que ce n'est pas bien d'écouter aux portes, s'assit contre la paroi de la masure en bois et colla son oreille à une fente pour écouter la conversation des adultes. Et voici ce qu'il entendit :

– Sache, ô mon hôte, disait le tarkaan, que j'ai l'intention d'acheter le jeune garçon que tu as là.

– Ô mon maître, répondit le pêcheur (et, rien qu'à entendre son ton enjôleur, Shasta pouvait imaginer l'expression de cupidité que devait prendre son visage), quel prix pourrait donc amener votre serviteur, si pauvre qu'il soit, à vendre comme esclave son seul enfant, la chair de sa chair ? Un de nos poètes n'a-t-il pas dit : « Les sentiments naturels sont plus importants que la soupe, et la descendance d'un homme plus précieuse que des escarboucles » ?

– C'est bien dit, répliqua sèchement son hôte, mais un autre poète a écrit de la même façon : « Qui tente de tromper un homme judicieux dénude lui-même son dos pour y recevoir des coups de fouet. » N'encombre pas ta vieille bouche de fausses affirmations. Ce garçon n'est manifestement pas ton fils, car la peau de tes joues est aussi sombre que la mienne, tandis que ce jeune garçon est blond et blanc comme ces barbares, maudits mais si beaux, qui habitent le Nord lointain.

– Comme on a raison de dire que si l'on peut se protéger des épées avec un bouclier, répondit le pêcheur,

l'œil de la Sagesse transperce toute défense ! Sache donc, ô mon hôte redoutable, que du fait de mon extrême pauvreté, je ne me suis jamais marié et n'ai point eu d'enfant. Mais l'année même où le Tisroc – puisse-t-il vivre pour toujours ! – a inauguré son règne auguste et bienfaisant, par une nuit où la lune était pleine, il plut aux dieux de me faire perdre le sommeil. Cela me poussa à me lever de mon lit, à sortir de ma maisonnette et à aller jusqu'à la plage pour me rafraîchir en contemplant l'eau, la lune et en respirant l'air frais de la nuit. À ce moment, j'entendis venant de la mer comme un bruit de rames, puis, aurait-on dit, un faible cri. Peu après, amené par la marée, un petit bateau vint s'échouer, à bord duquel il n'y avait rien d'autre qu'un homme décharné, ravagé par une faim et une soif extrêmes, et qui, apparemment, venait juste de mourir (il était encore tiède), une outre de peau vide et un enfant qui respirait encore. « Sans doute, me dis-je, ces malheureux ont survécu au naufrage d'un grand bateau, mais selon les admirables desseins des dieux, le plus âgé s'est privé de tout pour maintenir l'enfant en vie, et a péri en vue de la côte. » En foi de quoi, me rappelant que les dieux ne manquent jamais de récompenser ceux qui viennent en aide aux affligés, et mû par la compassion (car votre serviteur est un homme au cœur tendre)…

– Épargne-moi tous ces vains discours à ta propre gloire, l'interrompit le tarkaan. Il me suffit de savoir que tu t'es emparé de l'enfant… et que son labeur t'a rapporté dix fois le coût de son pain quotidien, cela se voit aisément. Maintenant, dis-moi sans attendre le prix que tu veux en tirer, car je suis las de ton verbiage.

– Vous dites vous-même fort justement, répondit Arsheesh, que le travail de ce garçon a été pour moi d'une valeur inestimable. Cela doit être pris en compte pour en fixer le prix. Si je vends ce garçon, je devrai assurément en acheter ou en engager quelque autre pour faire son travail.

– Je t'en donne quinze croissants, dit le tarkaan.

– Quinze ! s'exclama Arsheesh d'une voix qui tenait à la fois du gémissement et du hurlement de douleur. Quinze ? Pour le soutien de ma vieillesse et le régal de mes yeux ? Ne faites pas insulte à ma barbe grise, tout tarkaan que vous êtes. Mon prix est de soixante-dix.

À ce moment, Shasta se leva et s'éloigna sur la pointe des pieds. Il en avait assez entendu, habitué aux marchandages entre les hommes du village, il savait comment cela se passait. Il ne faisait aucun doute qu'Arsheesh finirait par le vendre pour plus de quinze croissants et moins de soixante-dix, mais il savait aussi que le tarkaan et lui mettraient des heures pour parvenir à un accord.

Il ne faut pas vous imaginer que les sentiments de Shasta avaient quoi que ce soit de commun avec ce que nous ressentirions, vous et moi, si nous venions de surprendre les propos de nos parents parlant de nous vendre comme esclaves. Parce que, d'une part, sa vie d'alors n'était déjà guère préférable à l'esclavage ; pour autant qu'il puisse en juger, le seigneur étranger au grand cheval pourrait être plus gentil qu'Arsheesh avec lui. Et, d'autre part, l'histoire de sa découverte au fond du bateau l'avait empli d'excitation, mais aussi d'un sentiment de soulagement. Il s'était souvent senti mal à l'aise parce que, malgré tous ses efforts, il n'était jamais parvenu à aimer le pêcheur, et il savait qu'un jeune garçon doit aimer son père. Or, il découvrait qu'il n'avait avec Arsheesh aucun lien de sang. Cela le libérait d'un grand poids.

« En somme, je pourrais être n'importe qui ! pensait-il. Peut-être même le fils d'un tarkaan… ou celui du Tisroc (puisse-t-il vivre pour toujours !)… ou encore le fils d'un dieu ! »

Il pensait à toutes ces choses, dans la prairie devant la chaumière. Le crépuscule tombait rapidement et l'on voyait déjà une ou deux étoiles, mais les derniers feux du couchant s'attardaient encore à l'ouest. À quelques pas, le cheval de l'étranger broutait, attaché par un long licol à l'anneau de fer fixé au mur de la petite écurie. Shasta se dirigea vers lui et lui tapota l'encolure. Le cheval continua à arracher l'herbe sans lui prêter la moindre attention.

Alors, il vint à l'esprit de Shasta une autre idée :

– Je me demande quelle sorte d'homme est ce tarkaan, dit-il à voix haute. Ce serait merveilleux s'il était gentil. Dans la maison de grands seigneurs, certains esclaves n'ont pratiquement rien à faire. Ils ont de beaux habits et mangent de la viande tous les jours. Peut-être qu'il m'emmènerait à la guerre et que je lui sauverais la vie au cours d'une bataille, et alors il m'affranchirait, m'adopterait et me donnerait un palais, un carrosse et une armure complète. Mais il pourrait aussi bien être un homme d'une horrible cruauté. Il m'enverrait travailler dans les champs, chargé de chaînes. J'aimerais bien savoir. Mais comment ? Je suis sûr que ce cheval sait, lui. Si seulement il pouvait me le dire.

Le cheval avait levé la tête. Shasta caressa son nez à la douceur satinée en lui disant :

– J'aimerais bien que tu puisses parler, toi, mon vieux.

À ce moment, il crut rêver, car très distinctement, bien qu'à voix basse, le cheval lui dit :

– Mais je peux.

Shasta fixa les yeux immenses du cheval et, d'étonnement, les siens s'agrandirent presque autant.

– Comment donc as-tu appris à parler ? demanda-t-il.

– Chut ! Pas si fort, répliqua le cheval. Là d'où je viens, presque tous les animaux parlent.

– Quel est donc cet endroit ? s'enquit Shasta.

– Narnia, répondit le cheval. La bienheureuse contrée de Narnia… Narnia aux montagnes couvertes de bruyère, aux collines fleurant bon le thym, Narnia et ses multiples rivières dont le clapotis emplit les vallons, ses cavernes moussues et ses forêts profondes où résonnent les coups de marteau des nains. Oh ! la douceur de l'air de Narnia ! Une heure de vie là-bas vaut mieux que mille ans passés à Calormen.

Il acheva par un hennissement qui ressemblait beaucoup à un soupir.

– Comment es-tu arrivé ici ? lui demanda Shasta.

– J'ai été kidnappé, répondit le cheval. Ou volé, ou capturé, peu importe comment tu appelles ça. Je n'étais encore qu'un poulain à l'époque. Ma mère m'avait bien recommandé de ne pas m'aventurer sur les pentes du Sud, vers Archenland et au-delà, mais je n'en tenais pas compte. Et, par la crinière du Lion, j'ai payé pour mon inconscience. Toutes ces dernières années, j'ai été l'esclave des humains, dissimulant ma vraie nature et faisant des efforts pour paraître sot et ignorant comme leurs chevaux à eux.

– Pourquoi ne pas leur avoir dit qui tu étais ?

– Parce que je ne suis pas stupide, voilà pourquoi. S'ils avaient découvert que je savais parler, ils auraient fait de moi une attraction de foire et m'auraient surveillé plus étroitement que jamais. J'aurais perdu ma dernière chance de m'échapper.

– Et pourquoi ?… commença Shasta.

Mais le cheval l'interrompit :

– Maintenant, écoute, lui dit-il. Ne perdons pas de temps avec des questions sans intérêt. Tu veux te renseigner sur mon maître, le tarkaan Anradin. Eh bien, il est méchant. Pas trop avec moi, car un cheval de combat coûte trop cher pour qu'on le traite vraiment mal. Mais il vaudrait mieux pour toi, en tant qu'humain, tomber raide mort ce soir même plutôt que d'être, demain, esclave en sa maison.

– Alors, je dois me sauver, dit Shasta qui était devenu tout pâle.

– Oui, tu devrais, répondit le cheval. Mais pourquoi ne pas te sauver avec moi ?

– Tu vas te sauver aussi ?

– Oui, si tu viens avec moi. C'est notre chance à tous deux. Tu sais, si je m'échappe seul, sans cavalier, n'importe qui se dira en me voyant : « Tiens, un cheval vagabond », et se lancera aussitôt à ma poursuite. Avec un cavalier, j'ai une chance de m'en tirer. C'est là que tu peux m'être utile. De ton côté, tu ne pourras pas aller bien loin sur tes deux jambes ridicules (quelle absurdité que ces jambes d'humains !) sans être repris. Mais, si tu me montes, tu pourras distancer n'importe quel autre cheval de ce pays. C'est en cela que je peux t'aider. Au fait, je suppose que tu sais monter ?

– Oh ! Oui, bien sûr, répondit Shasta. En tout cas, j'ai déjà monté l'âne.

– Monté le quoi ? répliqua le cheval avec un incommensurable mépris.

Enfin, c'était ce qu'il voulait exprimer. En réalité, cela donnait une sorte de hennissement : « Monté le quo-ha-ha-ha-ha-ha ? » Les chevaux qui parlent ont un accent nettement plus chevalin quand ils sont en colère.

– En d'autres termes, reprit-il, tu ne sais pas monter. C'est une complication. Il faudra que je t'apprenne au cours du voyage. Si tu ne sais pas monter, sais-tu au moins tomber ?

– Je suppose que tout le monde sait tomber, remarqua Shasta.

– Je veux dire, est-ce que tu peux tomber et te relever sans pleurnicher, remonter et puis retomber encore, sans pour autant être paralysé par la peur ?

– Je… j'essaierai, dit Shasta.

– Pauvre petit animal, lâcha le cheval d'une voix plus douce. J'oubliais que tu n'es qu'un poulain. On fera de toi un fin cavalier avec le temps. Et maintenant… il ne faut pas que nous partions avant que les deux autres, dans la cahute, ne soient endormis. Entre-temps, nous pouvons mettre au point notre plan. Mon tarkaan est en route vers le nord, vers la capitale, Tashbaan, là où est la cour du Tisroc…

– Dis donc, intervint Shasta d'un ton plutôt choqué… Ne devrais-tu pas ajouter : « puisse-t-il vivre pour toujours ! » ?

– Et pourquoi donc ? s'étonna le cheval. Je suis un Narnien libre. Pourquoi devrais-je employer le langage des imbéciles et des esclaves ? Je ne tiens pas à ce que le Tisroc vive toujours et je sais bien qu'il ne vivra pas éternellement, que je le veuille ou non. Toi aussi, tu es visiblement du Nord, du Nord libre. Plus de ce jargon sudiste entre toi et moi ! Et maintenant, revenons-en à nos projets. Comme je te le disais, mon humain était en route pour Tashbaan, au nord.

– Est-ce que ça veut dire que nous ferions mieux d'aller vers le sud ?

– Je ne crois pas, répondit le cheval. Tu vois, il pense que je suis stupide et sans cervelle comme ses autres chevaux. Alors, si je l'étais réellement, au moment même où je me sentirais libéré, je retournerais à mon écurie et à mon pré ; je reviendrais vers son palais qui est à deux jours de voyage vers le sud. C'est là qu'il ira me chercher. Il est incapable d'imaginer que je puisse aller, de mon propre chef, vers le nord. Et de toute façon, il croira probablement que quelqu'un du dernier village que nous avons traversé nous aura suivis jusqu'ici pour me voler.

– Oh ! s'exclama Shasta. Alors, nous irons vers le nord. Hourra ! Toute ma vie, j'ai rêvé d'aller vers le nord.

– Bien sûr que tu en as rêvé, acquiesça le cheval. C'est à cause du sang qui coule dans tes veines. Je suis sûr que tu es un vrai nordiste de souche. Mais ne parle pas trop fort. On peut penser qu'ils ne tarderont pas à s'endormir maintenant.

– Je ferais aussi bien de ramper jusque-là pour aller voir, suggéra Shasta.

– C'est une bonne idée, approuva le cheval. Mais fais attention à ne pas te faire prendre.

L'obscurité était beaucoup plus épaisse, à présent, et le silence total, à l'exception du bruit des vagues sur la plage, ce ressac que Shasta ne remarquait pratiquement plus à force de l'avoir entendu nuit et jour, aussi loin que puisse remonter son souvenir. Aucune lumière n'était visible dans la chaumière quand il s'en approcha. Aucun bruit ne lui parvint quand il écouta à la porte. Il fit le tour pour aller regarder à travers l'unique fenêtre et put entendre, après une ou deux secondes, un bruit familier, le ronflement crépitant du vieux pêcheur. Il lui était plaisant de penser que si tout se déroulait comme prévu, Shasta ne l'entendrait plus jamais. Retenant son souffle, se sentant un tout petit peu triste, mais beaucoup moins triste qu'il n'était heureux, il fit glisser ses pas sur l'herbe jusqu'à l'écurie de l'âne, tâtonna pour trouver l'endroit où la clé était cachée, ouvrit la porte pour prendre la selle et la bride du cheval qui y avaient été mises en sûreté pour la nuit. Il se pencha pour déposer un baiser sur le nez du petit âne :

– Je suis désolé que nous ne puissions pas t'emmener, lui souffla-t-il.

– Te voilà enfin, lui dit le cheval quand il le rejoignit. Je commençais à me demander ce qu'il t'était arrivé.

– Je sortais tes affaires de l'écurie, répliqua Shasta. Tu peux m'expliquer maintenant comment on te les met ?

Durant les quelques minutes qui suivirent, Shasta fut absorbé par son travail, veillant soigneusement à éviter de faire le moindre bruit, tandis que le cheval lui disait des choses du genre : « Resserre un peu cette sangle », ou « Tu trouveras une boucle un peu plus bas », ou « Il va falloir que tu remontes pas mal ces étriers ». Quand tout fut terminé, il ajouta :

– Bon. On est obligés d'avoir des rênes pour l'apparence, mais tu ne t'en serviras pas. Attache-les au pommeau de la selle, avec beaucoup de mou pour que je puisse bouger la tête comme je veux. Et souviens-toi : tu ne dois pas y toucher.

– À quoi est-ce qu'elles servent, alors ?

– En temps normal, à me diriger, répliqua le cheval. Mais comme j'ai l'intention de tout diriger moi-même au cours de ce voyage, tu voudras bien laisser tes mains tranquilles. Et encore autre chose : pas question de t'accrocher à ma crinière.

– Mais dis donc, protesta le jeune garçon, si je ne

dois pas me tenir aux rênes ni à ta crinière, je vais me tenir à quoi, alors ?

– Tu t'accrocheras avec les genoux, dit le cheval. C'est le secret de la bonne tenue en selle. Serre mon torse entre tes genoux aussi fort que tu voudras ; assieds-toi bien droit, droit comme un piquet ; garde tes coudes contre toi. Et à propos, qu'est-ce que tu as fait des éperons ?

– Je me les suis mis aux talons, bien sûr, précisa Shasta. Ça, au moins, je connais.

– Alors, tu peux les enlever et les mettre dans les fontes de la selle. On les vendra en arrivant à Tashbaan. Tu es prêt ? Bon, maintenant, je crois que tu peux monter.

– Ouaouh ! Tu es terriblement haut, hoqueta Shasta après sa première tentative infructueuse.

– Je suis un cheval, c'est tout, obtint-il comme réponse. Mais, à voir la façon dont tu essaies de m'escalader, on pourrait penser que je suis une meule de foin !… Là, c'est mieux… Maintenant, assieds-toi bien droit et souviens-toi de ce que je t'ai dit à propos de tes genoux. Ça fait drôle de penser que moi qui ai conduit des charges de cavalerie et gagné des courses, je me retrouve avec, sur ma selle, un sac de pommes de terre dans ton genre ! Tant pis, on est partis.

Il glousse, sans méchanceté.

Il faut dire que le cheval entama leur voyage nocturne avec un grand luxe de précautions. Il commença par aller tout droit vers le sud de la chaumière jusqu'à la petite rivière qui venait là se jeter dans la mer, et prit soin de laisser dans la boue des traces de sabots bien évidentes, orientées vers le sud. Mais dès qu'ils furent parvenus au milieu du gué, il tourna pour remonter le courant et barbota jusqu'à ce qu'ils fussent à environ cent cinquante mètres en amont de la chaumière, dans l'intérieur des terres. Puis il choisit un endroit de la berge bien tapissé de graviers, qui ne garderait aucune empreinte, et gagna la rive nord. Puis, toujours au pas, il se dirigea vers le nord jusqu'à ce que la chaumière, son unique arbre, l'écurie de l'âne, la crique – tout ce que, en fait, Shasta avait connu jusque-là – se soient estompés dans la pénombre grise de cette nuit d'été. Ils avaient gravi une colline et se trouvaient maintenant sur la crête – cette crête qui avait toujours été la limite du monde connu pour Shasta. Il ne pouvait voir ce qu'il y avait au-delà, sauf que c'était une vaste étendue couverte d'herbe. Cela paraissait sans limite : sauvage, solitaire et libre.

– Dis donc ! remarqua le cheval, quel magnifique endroit pour un galop, non ?

– Oh ! Il vaut mieux pas, dit Shasta. Pas encore. Je ne peux pas… s'il te plaît, cheval. Je ne connais pas ton nom.

– Breehy-hinny-brinny-hoohy-hah, répondit le cheval.

– Je ne serai jamais capable de le prononcer. Puis-je t'appeler Bree ?

– Eh bien, si c'est tout ce que tu peux faire, je crois que ça vaut mieux, concéda le cheval. Et comment est-ce que je dois t'appeler, moi ?

– Mon nom est Shasta.

– Hum… murmura Bree. Eh bien, voilà un nom vraiment difficile à prononcer. Mais revenons-en à ce galop. C'est nettement plus facile que de trotter, si tu savais seulement ce que ça veut dire, parce que tu n'as pas à te soulever puis à retomber. Serre les genoux et regarde droit devant, entre mes deux oreilles. Pas par terre. Si tu as l'impression que tu vas tomber, contente-toi de serrer plus fort et redresse-toi sur la selle. Prêt ? En avant, pour Narnia et pour le Nord !

Chapitre 2
Une aventure en chemin

Il n'était pas loin de midi le jour suivant, quand Shasta fut réveillé par un frôlement tiède et doux sur ses joues. Ouvrant les yeux, il se trouva face à face avec une longue tête de cheval, dont les naseaux et les lèvres touchaient presque les siennes. Se rappelant soudain les événements palpitants de la nuit précédente, il se dressa sur son séant. Mais cela lui arracha un grognement.

– Oh ! Bree, hoqueta-t-il. J'ai si mal. Partout. Je peux à peine bouger.

– Bonjour, petite chose, dit Bree. Je me disais bien que tu pourrais te sentir un peu raide. Ça ne peut pas être les chutes. Tu n'en as guère fait plus d'une douzaine, et tout cela très gentiment, avec ce doux herbage de printemps sur lequel on serait tombé rien que pour le plaisir, je crois. La seule de tes chutes qui aurait pu faire mal a été freinée par ce buisson d'ajoncs... Non, c'est la chevauchée en elle-même qu'on trouve toujours dure au début. Qu'est-ce que tu dirais d'un petit déjeuner ? J'ai pris le mien.

– Oh ! Je me fiche du petit déjeuner. Je me fiche de tout, dit Shasta. Je te dis que je ne peux plus bouger.

Mais le cheval le taquinait avec son nez et le poussait doucement du sabot, tant et si bien qu'il fut obligé de se lever. Alors, Shasta promena son regard autour de lui. Il y avait derrière eux un petit boqueteau. Devant eux, parsemée de fleurs blanches, la prairie descendait en pente douce jusqu'au rebord d'une falaise. Loin en dessous d'eux, si loin que le bruit des vagues en était très affaibli, il y avait la mer. Shasta n'avait encore jamais vu la mer de si haut ni aussi loin jusqu'alors, ni imaginé combien de couleurs elle pouvait prendre. De part et d'autre, la côte s'étendait, cap après cap, et à la pointe de chacun on voyait l'écume blanche se lancer à l'assaut des rochers, sans entendre le moindre bruit, à cette distance. Des mouettes et des goélands volaient au-dessus de leurs têtes et le sol semblait vibrer sous la chaleur ; c'était une journée magnifique. Mais ce à quoi Shasta était surtout sensible, c'était l'air. Il ne comprenait pas ce qu'il y manquait, jusqu'à ce que, enfin, il s'aperçût qu'il n'y flottait aucune odeur de poisson. Car, bien sûr, ni dans la chaumière ni au milieu des filets, à aucun moment de sa vie il n'avait échappé à cette odeur. Cet air neuf était si délicieux, et toute sa vie ancienne lui paraissait si lointaine qu'il en oublia un instant ses bleus et ses muscles endoloris :

– Dis donc, Bree, tu ne parlais pas d'un petit déjeuner ?

– En effet, répondit Bree. Je pense que tu vas trouver

quelque chose dans les fontes de la selle. Elles sont là-bas, sur cet arbre où tu les as pendues la nuit dernière… enfin, ce matin très tôt, plus exactement.

Ils inventorièrent le contenu des fontes et le résultat fut très encourageant : un pâté de viande, à peine rassis, une poignée de figues sèches et une autre de fromage cru, une petite flasque de vin et un peu d'argent ; environ quarante croissants au total, soit la plus grosse somme que Shasta ait jamais vue.

Tandis que Shasta – péniblement et avec mille précautions – s'asseyait, le dos contre un arbre, pour s'attaquer au pâté, Bree reprit quelques bouchées d'herbe pour lui tenir compagnie.

– Se servir de cet argent, est-ce que ce ne serait pas du vol ? demanda Shasta.

– Oh ! répondit le cheval en relevant la tête, la bouche pleine d'herbe, cette idée ne m'est jamais venue. Bien sûr, un cheval libre, et qui parle, ne doit jamais commettre de vol. Mais je pense que ce n'en est pas un. Nous sommes prisonniers, captifs en territoire ennemi. Cet argent est un butin, une prise de guerre. En outre, sans lui, comment faire pour te nourrir ? Je suppose que, comme tous les humains, tu ne manges pas d'aliments naturels tels que l'herbe ou l'avoine ?

– Je ne peux pas.

– Jamais essayé ?

– Si, je l'ai fait. Mais rien à faire pour l'avaler. À ma place, tu ne pourrais pas non plus.

– Vous êtes de drôles de petites créatures, vous les humains, remarqua Bree.

Quand Shasta eut fini son petit déjeuner (qui était, et de loin, le plus agréable qu'il ait jamais mangé), Bree lui dit :

– Je crois que je vais m'offrir une belle roulade avant qu'on me remette cette selle sur le dos.

Et il le fit sans attendre.

– C'est bon. C'est vraiment bon, disait-il en se frottant le dos sur l'herbe et en agitant ses quatre jambes en l'air.

Il souffla par les naseaux en disant :

– Tu devrais faire la même chose, Shasta. Rien n'est plus rafraîchissant.

Mais Shasta éclata de rire en disant :

– Tu es vraiment comique à voir quand tu te roules sur le dos !

– Je ne suis rien de ce genre, rétorqua Bree.

Mais, juste après avoir dit ça, il bascula sur le côté, releva la tête, un peu essoufflé, et fixa attentivement Shasta.

– Est-ce que c'est vraiment comique ? demanda-t-il d'une voix inquiète.

– Ça, oui, vraiment, lui répondit Shasta. Mais quelle importance ?

– Tu ne penses pas, non, que c'est là une chose que ne devraient jamais faire les chevaux qui parlent ?… Un truc stupide, clownesque, que j'aurais emprunté aux chevaux muets ? Ce serait terrible de découvrir, en revenant à Narnia, que j'ai pris un tas de mauvaises habitudes, des comportements vulgaires. Qu'est-ce que tu en penses, Shasta ? Allez, franchement… ne ménage pas ma sensibilité. Est-ce que tu penses que les vrais chevaux libres – ceux qui parlent – font bien des roulades sur l'herbe ?

– Comment savoir ? En tout cas, je ne crois pas que je m'en soucierais, si j'étais toi. Nous n'y sommes pas encore. Tu connais le chemin ?

– Je sais comment aller à Tashbaan. Après, c'est le désert. Oh ! on se sortira du désert d'une façon ou d'une autre, ne t'en fais pas. En fait, de là, nous apercevrons déjà les montagnes du Nord. Tu te rends compte ? Tout droit vers Narnia et le Nord ! Rien ne nous arrêtera plus. Mais je serai soulagé quand on aura dépassé Tashbaan. Toi et moi, nous sommes plus en sécurité à l'écart des villes.

– Est-ce qu'on peut contourner Tashbaan ?

– Pas sans faire un long détour par l'intérieur des terres, les régions cultivées, les grandes routes, et je ne saurais m'y retrouver. Non, tout ce qu'on peut faire, c'est longer la côte. Ici, dans les collines, on ne rencontrera rien d'autre que des lapins, des mouettes, des moutons avec quelques bergers. À propos, si on y allait ?

Shasta avait terriblement mal aux jambes en sellant Bree et en se hissant sur la selle, mais le cheval se montra gentil avec lui et marcha très doucement au pas tout l'après-midi. Quand vint le crépuscule, ils descendirent par des sentiers escarpés dans une vallée où ils trouvèrent un village. Avant d'y arriver, Shasta mit pied à terre et entra dans le village pour y acheter une tranche de pain, quelques oignons et des radis. Au trot, le cheval fit un détour par les champs à la faveur de l'obscurité et retrouva Shasta de l'autre côté. Cette façon de faire leur devint habituelle tous les autres soirs.

Ce furent des jours merveilleux pour Shasta, et chacun meilleur que le précédent, ses muscles se renforçant et ses chutes se raréfiant au fur et à mesure. Quand il eut fini son apprentissage, Bree continuait quand même à lui dire qu'il ne se tenait pas mieux en selle qu'un sac de farine.

– Même si ce n'était pas si risqué de passer par les grandes routes, mon petit gars, j'aurais trop honte qu'on me voie avec toi.

Mais, en dépit de ses paroles brutales, Bree se révélait un professeur plein de patience. On ne saurait trouver mieux qu'un cheval pour vous enseigner l'équitation. Shasta apprit à trotter, galoper, sauter des obstacles et à garder son assiette même quand Bree stoppait brutalement ou tournait inopinément à droite ou à gauche – ce que, lui expliqua Bree, l'on pouvait avoir à faire à n'importe quel moment au cours d'une bataille. À ce moment-là, bien sûr, Shasta suppliait Bree de lui raconter les combats et les guerres dans lesquels il avait emmené le tarkaan. Et Bree disait les marches forcées et la traversée à gué de rivières rapides, les charges, les féroces batailles entre cavaleries adverses quand les chevaux de combat se battaient aussi bien que les hommes, eux qui étaient tous des étalons sauvages entraînés à mordre, à botter et à se cabrer au bon moment pour qu'un coup d'épée ou de hache de guerre s'abatte sur le cimier d'un ennemi de tout le poids du cheval et de son cavalier. Mais Bree n'acceptait pas de raconter ses guerres aussi souvent que Shasta l'aurait voulu.

– Ne m'en parle pas, petit, disait-il. Ce n'étaient que les guerres du Tisroc, je n'y combattais qu'en tant qu'esclave et comme un stupide animal. Parle-moi plutôt des guerres de Narnia où je me battrai comme un cheval libre au sein de mon peuple ! Ces guerres-là vaudront la peine d'être contées. Narnia et le Nord ! Bra-ha-ha ! Brou-hou !

Shasta eut tôt fait d'apprendre que quand il entendait Bree parler comme ça, il devait se préparer à un galop.

Après qu'ils eurent voyagé pendant des semaines et des semaines, dépassé plus de baies, de caps, de rivières, de villages que Shasta ne pouvait en compter, advint une nuit de pleine lune où ils se mirent en route après avoir dormi pendant le jour. Ils avaient laissé derrière eux les collines et traversaient une vaste plaine, avec une forêt à moins d'un kilomètre sur leur gauche. La mer, cachée par des dunes basses, se trouvait à peu près à la même distance sur leur droite. Ils cheminaient depuis une heure environ, alternant le pas et le trot, quand Bree s'arrêta tout à coup.

– Qu'est-ce qui se passe ? demanda Shasta.

– Chu-u-u-ut ! dit Bree en tendant le cou dans tous les sens et en agitant nerveusement ses oreilles. Tu n'as rien entendu ? Écoute.

– On dirait le bruit d'un autre cheval… entre la

forêt et nous, observa Shasta après avoir écouté pendant près d'une minute.

– C'est un autre cheval, confirma Bree. Et ça ne me plaît pas.

– Sans doute un fermier qui rentre tard à la maison ? risqua Shasta en étouffant un bâillement.

– Ne dis pas de bêtises ! Ce n'est pas un fermier à cheval. Ni un cheval de fermier, d'ailleurs. Ce son ne te dit rien ? C'est un cheval de qualité que celui-là. Et il est monté par un vrai cavalier. Je vais te dire ce que c'est, Shasta. Il y a un tarkaan à la lisière de ce bois. Pas sur son cheval de guerre, qui serait moins léger. Non, je dirais plutôt sur une belle jument de race.

– En tout cas, quoi que ce soit, c'est arrêté, maintenant, remarqua Shasta.

– Tu as raison, dit Bree. Et pourquoi s'arrêterait-il juste en même temps que nous ? Shasta, mon garçon, je crois bien, finalement, que quelqu'un nous suit à la trace.

– Qu'allons-nous faire ? s'enquit Shasta en étouffant sa voix jusqu'au murmure. Tu crois qu'il peut nous voir, en plus de nous entendre ?

– Pas dans cette pénombre, tant que nous resterons immobiles. Mais regarde ! Voici venir un nuage. Je vais attendre qu'il masque la lune. Puis nous irons vers la droite aussi silencieusement que possible, jusqu'au rivage. Nous pourrons nous cacher dans les dunes si ça tourne mal.

Ils attendirent que le nuage ait caché la lune et se dirigèrent alors vers le rivage, d'abord au pas, puis au petit trot.

Le nuage était plus grand et plus épais qu'il ne leur avait d'abord semblé, et la nuit devint vite très noire. Juste au moment où Shasta se disait : « Nous ne devons plus être loin de ces dunes, maintenant », son cœur bondit jusque dans sa gorge car un bruit terrifiant s'était soudain fait entendre devant eux dans l'obscurité ; un long rugissement, d'une totale et désespérante sauvagerie. À l'instant, Bree fit volte-face et prit le grand galop pour revenir vers l'intérieur des terres aussi vite qu'il le pouvait.

– Qu'est-ce que c'est ? demanda Shasta d'une voix étranglée.

– Des lions ! répondit Bree sans ralentir ni tourner la tête.

Après quoi, ce ne fut plus qu'un galop effréné pendant un long moment. Finalement, ils se retrouvèrent pataugeant pour traverser un large cours d'eau peu profond et Bree s'arrêta de l'autre côté. Shasta remarqua que le cheval tremblait de tous ses membres et qu'il était couvert de sueur.

– L'eau peut avoir fait perdre à cette brute la trace de notre odeur, haleta Bree quand il eut plus ou moins repris haleine. Nous pouvons marcher un peu, maintenant.

Tout en avançant au pas, Bree ajouta :

– Shasta, j'ai honte de moi-même. Je ne suis pas moins terrifié qu'un vulgaire cheval muet de Calormen. Vraiment. Je n'ai plus du tout l'impression d'être un cheval parlant. Je me moque des épées, des lances et des flèches mais je ne peux supporter d'entendre ces... créatures. Je crois que je vais trotter un peu.

Pourtant, environ une minute plus tard, il se remit à galoper ; il n'y avait rien d'étonnant à cela car le rugissement se faisait encore entendre, mais sur leur gauche cette fois, du côté de la forêt.

– Il y en a deux, gémit Bree.

Quand ils eurent galopé pendant plusieurs minutes sans plus entendre les lions, Shasta fit remarquer :

– Dis donc ! Cet autre cheval galope à nos côtés, maintenant. À un jet de pierre, pas plus.

– Tan-an-ant mieux, haleta Bree. Un tarkaan dessus… doit avoir une épée… nous protégera tous…

– Mais, Bree ! s'exclama Shasta, être repris ou être mangé par les lions, c'est tout pareil. Pour moi, en tout cas. Je serai pendu, comme voleur de chevaux.

Il était moins terrifié que Bree par les lions parce qu'il n'en avait jamais vu. Bree, si.

Pour toute réponse, Bree se contenta de renifler mais il obliqua quand même vers la droite. Assez bizarrement, ils eurent l'impression que, de son côté, l'autre cheval obliquait vers la gauche, si bien que, en quelques secondes, l'espace qui les séparait augmenta sensiblement. Mais tout aussitôt, il y eut deux nouveaux rugissements l'un après l'autre, l'un à droite et l'autre à gauche, et les chevaux commencèrent à se rapprocher. Apparemment, les lions aussi. Le rugissement des fauves était horriblement proche, et ils semblaient n'avoir aucun mal à talonner les chevaux au galop. Puis le nuage s'écarta. Le clair de lune, incroyablement brillant, éclaira chaque chose comme en plein jour. Les deux chevaux et leurs deux cavaliers galopaient au coude à coude, flanc à flanc, exactement comme s'ils faisaient la course. D'ailleurs, par la suite, Bree dirait toujours qu'on n'avait jamais vu une plus belle course à Calormen.

Shasta, qui se considérait maintenant comme perdu, commençait à se demander si les lions tuent rapidement ou jouent avec vous comme le chat avec la souris et si ça fait très mal. En même temps (ce qui arrive

parfois dans les circonstances les plus effrayantes), il enregistrait chaque détail. Il remarqua que l'autre cavalier, quelqu'un de très petit, mince, portait une cotte de mailles (la lune s'y réfléchissait) et montait à la perfection. Il était imberbe.

Devant eux s'étendait une surface lisse et brillante. Avant même que Shasta ait eu le temps de se demander ce que c'était, il entendit un grand plouf ! et eut de l'eau salée plein la bouche. Ce qui brillait comme ça, c'était en fait un long bras de mer. Les deux chevaux nageaient dans une eau qui arrivait aux genoux de Shasta. Il y eut derrière eux un rugissement de colère et, se retournant sur sa selle, Shasta aperçut une silhouette imposante, échevelée, terrifiante, qui s'était accroupie au bord de l'eau. Une seule silhouette. « Nous devons avoir semé l'autre lion », pensa-t-il.

Le fauve dut estimer que cette proie ne valait pas la peine de se mouiller ; en tout cas, il ne manifesta aucune velléité de se jeter à l'eau pour les poursuivre. Nageant côte à côte, les deux chevaux étaient parvenus au milieu de la crique maintenant, et l'on voyait distinctement l'autre rive.

Le tarkaan n'avait pas encore prononcé un seul mot. « Mais il le fera, pensait Shasta, dès que nous aurons atteint la terre ferme. Qu'est-ce que je vais dire ? Il faut que j'invente vite une histoire. »

Puis, soudain, deux voix se firent entendre à côté de lui.

– Oh ! je suis tellement fatiguée, disait l'une.

– Tiens ta langue, Hwin, ne fais pas l'idiote, répondait l'autre.

« Je dois rêver, pensa Shasta. J'aurais juré que ce cheval-là parlait aussi. »

Bientôt, cessant de nager, les chevaux se mirent au pas et, très vite, dans le bruit de l'eau ruisselant de leurs flancs, de leur queue, et le claquement de leurs huit sabots sur les galets, ils émergèrent sur la plage de l'autre côté du bras de mer. À la surprise de Shasta, le tarkaan ne semblait pas vouloir poser de questions. Apparemment pressé de s'en aller, il n'eut même pas un regard pour Shasta. Mais, soudain, Bree poussa l'autre cheval d'un coup d'épaule et se mit en travers de son chemin.

– Broo-hoo-hah ! souffla-t-il. Attendez un peu ! Je vous ai entendue, vous savez. Ça ne sert à rien de faire semblant, madame, je vous ai entendue. Vous êtes un cheval qui parle, un cheval de Narnia tout comme moi.

– Et même si c'est le cas, ça vous regarde ? gronda sauvagement l'étrange cavalier en portant la main à la poignée de son épée.

Cependant, plus que les mots, la voix qui les prononçait fut une révélation pour Shasta.

– Mais ce n'est qu'une fille ! s'exclama-t-il.

– Et en quoi est-ce que c'est votre affaire si je ne suis qu'une fille ? aboya l'étrangère. Vous n'êtes probablement qu'un garçon, un petit garçon fruste et vulgaire – sans doute un esclave qui a volé le cheval de son maître.

– Ça, c'est ce que vous croyez, rétorqua Shasta.

– Petite tarkheena, ce n'est pas un voleur, intervint Bree. Ou du moins, s'il y a eu vol, vous pourriez tout aussi bien dire que c'est moi qui l'ai volé, lui. Et pour ce qui est de m'occuper de ce qui me regarde, vous ne voudriez tout de même pas qu'en pays étranger je passe à côté d'une dame de ma propre race sans lui adresser la parole ? Il n'est que naturel que je le fasse.

– À moi aussi cela paraît tout à fait naturel, dit la jument.

– J'aurais préféré que tu tiennes ta langue, Hwin, soupira la jeune fille. Regarde dans quel pétrin tu nous as mises.

– Je ne vois pas où est le problème, dit Shasta. Vous pouvez déguerpir quand vous voulez. On ne vous retiendra pas.

– Non, ça, vous ne le pourrez pas, confirma la demoiselle.

– Quelles créatures querelleuses que ces humains, dit Bree à la jument. Ils sont teigneux comme des mules. Essayons de parler un peu sérieusement. J'ai l'impression, madame, que votre histoire est la même que la mienne : capturée dans votre tendre jeunesse… des années d'esclavage au milieu des Calormènes ?

– Ce n'est que trop vrai, monsieur, répondit la jument avec un petit hennissement mélancolique.

– Et maintenant, sans doute… la poudre d'escampette ?

– Dis-lui de s'occuper de ses affaires, Hwin, intervint la jeune fille.

– Non, sûrement pas, Aravis, dit la jument en rejetant ses oreilles en arrière. C'est mon évasion tout autant que la tienne. Et je suis sûre qu'un noble cheval de bataille comme celui-ci ne va pas nous trahir. Nous sommes en train de nous échapper, nous essayons d'aller à Narnia.

– Et, naturellement, il en est de même pour nous, conclut Bree. Bien sûr, vous vous en étiez doutées tout de suite. Un petit garçon en haillons chevauchant – enfin, s'efforçant de chevaucher – un cheval de bataille au milieu de la nuit, cela fait forcément penser à une évasion. Et, si je puis me permettre, une tarkheena de haute naissance galopant seule, de nuit, revêtue de l'armure de son frère, très désireuse de voir chacun s'occuper de ses affaires sans lui poser de questions… enfin, bon, si ça, ce n'est pas louche, alors, moi, je suis un cheval de trait !

– D'accord, admit Aravis. Vous avez vu juste. Hwin et moi, nous sommes en fuite. Nous voulons aller à Narnia. Et alors ?

– Eh bien, dans ce cas, qu'est-ce qui nous empêche d'y aller tous ensemble ? demanda Bree. Je suis sûr, madame Hwin, que vous accepterez l'assistance et la protection que je suis à même de vous assurer pendant le voyage ?

– Pourquoi est-ce que vous continuez à vous adresser à mon cheval plutôt qu'à moi ? s'enquit la jeune fille.

– Veuillez m'excuser, tarkheena, dit Bree (avec juste une imperceptible inclinaison de ses oreilles en arrière), mais ce sont là des paroles de Calormène. Nous sommes, Hwin et moi, de libres Narniens et je suppose que c'est pour en devenir une vous aussi que vous fuyez vers Narnia. Dans ce cas, Hwin n'est plus votre cheval désormais. On pourrait tout aussi bien dire que vous êtes son être humain.

La jeune fille ouvrit la bouche pour parler, mais ne dit rien. À l'évidence elle n'avait pas, jusque-là, vraiment vu les choses sous ce jour.

– Il n'empêche, dit-elle après un moment, que je ne trouve pas que ce soit tellement intéressant de voyager tous ensemble. Ne courrons-nous pas plus de risques de nous faire remarquer ?

– Moins, corrigea Bree.

Et la jument ajouta :

– Oh ! oui, faisons comme ça ! Je me sentirais beaucoup plus à l'aise. Nous ne sommes même pas sûres de l'itinéraire. Je suis convaincue qu'un grand cheval de bataille comme lui en sait beaucoup plus que nous.

– Voyons, Bree, intervint Shasta, laisse-les aller de leur côté. Tu ne comprends pas qu'elles ne veulent pas de nous ?

– Mais si, répliqua Hwin.

– Écoutez, dit la jeune fille, ça ne m'ennuie pas d'aller avec vous, monsieur le cheval de bataille, mais qu'est-ce que c'est que ce garçon ? Comment puis-je être sûre que ce n'est pas un espion ?

– Pourquoi ne pas dire tout de suite que vous ne me trouvez pas assez bien pour vous ? dit le garçon en question.

– Du calme, Shasta, dit Bree. La question de la tarkheena est parfaitement sensée. Je réponds de ce garçon, tarkheena. Il s'est montré loyal avec moi, et bon compagnon. C'est, à coup sûr, soit un Narnien soit un Archenlandais.

– Parfait. Dans ce cas, allons-y ensemble.

Mais elle ne s'adressait pas à Shasta et il était évident que c'était Bree qu'elle acceptait, pas lui.

– Splendide ! s'exclama Bree. Et maintenant que

nous avons mis de l'eau entre ces redoutables animaux et nous, vous pourriez peut-être, vous autres humains, nous retirer nos selles. Nous prendrions tous un peu de repos en écoutant nos histoires respectives.

Les deux enfants dessellèrent leurs chevaux, qui mangèrent un peu d'herbe, et Aravis sortit des fontes de sa selle des provisions plutôt appétissantes. Mais Shasta les bouda en disant : « Non, merci », et en prétendant qu'il n'avait pas faim. Il s'efforçait d'adopter des façons qu'il pensait très dignes et altières, mais comme la cabane d'un pêcheur n'est pas, en principe, un endroit idéal pour apprendre les bonnes manières, le résultat était consternant. Et réalisant vaguement que ce n'était pas une réussite, il devint plus boudeur et maladroit que jamais. Les deux chevaux, quant à eux, s'entendaient à merveille. Ils avaient les mêmes souvenirs de Narnia – « Les prairies tout en haut au-dessus de Beaversdam… » – et découvrirent qu'ils étaient plus ou moins cousins issus de germains par un lointain ascendant commun. Cela rendit la situation de plus en plus pénible pour les humains, jusqu'à ce qu'enfin Bree se décide à dire :

– Maintenant, tarkheena, racontez-nous votre histoire. Et sans vous presser… Je me sens très bien, maintenant.

Assise, parfaitement immobile, Aravis commença son récit sans attendre, d'une voix et dans un style bien différents de son ton habituel. Car, à Calormen, l'art du conteur (qu'il s'agisse d'histoires vraies ou inventées) est une chose qui s'apprend, tout comme on apprend aux enfants européens à écrire des rédactions. Sauf que, pour ce qui est des histoires, les gens ont envie de les écouter, tandis que je n'ai jamais entendu parler de quelqu'un qui ait eu envie de lire une rédaction.

Chapitre 3
Aux portes de Tashbaan

– Mon nom, dit la jeune fille pour commencer, est Aravis tarkheena et je suis la fille unique de Kidrash tarkaan, fils de Rishti tarkaan, fils d'Ilsombreh Tisroc, fils d'Ardeeb Tisroc qui descendait en droite ligne du dieu Tash. Mon père est seigneur de la province de Calavar et il a le droit de rester debout, les pieds dans ses chaussures, devant la face du Tisroc lui-même (puisse-t-il vivre pour toujours !). Ma mère (qu'elle repose en paix dans les bras des dieux !) est morte, et mon père s'est remarié. Un de mes frères est tombé à la guerre contre les rebelles et l'autre n'est encore qu'un enfant. Or il se trouva que la femme de mon père, ma belle-mère, me prit en haine, et que le soleil parut devoir perdre pour elle tout éclat aussi longtemps que je vivrais dans la maison de mon père. Aussi persuada-t-elle mon père de me promettre en mariage à Ahoshta tarkaan. Il faut dire que cet Ahoshta est de basse extraction, même si, ces dernières années, par la flatterie et de méchants conseils, il a su gagner la faveur du Tisroc (puisse-t-il vivre pour toujours !), ce qui lui a valu d'être fait tarkaan, de recevoir en fief de nombreuses villes en attendant vraisemblablement d'être choisi comme grand vizir quand mourra le grand vizir actuel. En outre, il a au moins soixante ans, est bossu, et son visage est celui d'un gorille. Néanmoins, mon père, prenant en considération le pouvoir et la fortune de cet Ahoshta et poussé par sa femme, a envoyé des messagers lui proposer ma main, et cette proposition a été favorablement accueillie. Ahoshta a fait dire qu'il m'épouserait cette année même, au plein de l'été.

« Quand cette nouvelle m'est parvenue, le soleil a perdu pour moi tout éclat, je me suis étendue sur mon lit et j'ai pleuré toute une journée. Mais, le jour suivant, je me suis levée, j'ai lavé mon visage, fait seller ma jument Hwin, j'ai pris avec moi une dague acérée que mon frère avait emportée dans ses guerres de l'Ouest et me suis éloignée à cheval, seule. Une fois la maison de mon père hors de vue, quand j'ai atteint une grande clairière verte dans un bois que je savais vide de toute habitation, je suis descendue de ma jument Hwin et j'ai dégainé la dague. Puis j'ai entrouvert mes vêtements à l'endroit que je pensais être le chemin le plus direct vers mon cœur et j'ai prié tous les dieux de permettre que je me retrouve au côté de mon frère dès que je serais morte. Après cela, les yeux fermés, serrant les dents, je me suis préparée à guider la dague jusqu'à mon cœur. Mais, avant que j'aie pu le faire, la jument que voici s'est mise à parler avec la voix d'une fille des hommes : "Ô ma maîtresse, m'a-t-elle dit, ne porte en aucune façon atteinte à ta vie, car tant que tu vis, tu peux encore connaître un destin heureux, tandis que tous les morts, quels qu'ils soient, ne sont ni plus ni moins que morts."

– Je ne l'ai pas dit aussi bien que ça, chuchota la jument.

– Chut, madame, chut ! dit Bree, complètement pris par le récit. Elle raconte dans le grand style calormène, et aucun conteur d'aucune cour de Tisroc ne pourrait mieux faire. Veuillez nous faire la grâce de poursuivre, tarkheena.

Aravis enchaîna :

– Quand, dans le murmure de ma jument, j'ai reconnu le langage des hommes, je me suis dit que la crainte de la mort égarait mes sens et ma raison. J'ai été remplie de honte car, pour toute personne de mon lignage, la mort ne doit pas paraître plus redoutable que la piqûre d'un moucheron. Je me suis donc de nouveau employée à me poignarder, mais Hwin s'est collée tout contre moi, a interposé sa tête entre le couteau et moi et m'a tenu tout un discours, en recourant aux arguments les plus excellents, pour me réprimander comme une mère reprenant sa fille. Et ma stupéfaction fut telle, alors, que j'en oubliai et le projet de me tuer et Ahoshta lui-même, et lui demandai : "Ô ma jument, comment as-tu appris à parler comme une fille des hommes ?" Et Hwin m'a raconté ce que tout le monde sait ici, à savoir qu'il est à Narnia des animaux qui parlent, et qu'elle-même fut enlevée, là-bas, alors qu'elle n'était qu'une petite pouliche. Elle m'a parlé aussi des bois et des sources de Narnia, et des châteaux, et des grands navires, jusqu'à ce que j'en arrive à lui dire : "Par Tash et Azaroth et Zardeenah, reine de la Nuit, j'ai grand désir et grande envie de me trouver dans ce pays de Narnia." Et ma jument m'a répondu : "Ô ma maîtresse, vous seriez heureuse à Narnia, car dans ce pays aucune jeune fille n'est forcée de se marier contre son gré."

« Après que nous nous sommes entretenues pendant un long moment, l'espoir m'est revenu et je me suis réjouie de ne pas m'être tuée. En outre, nous convînmes de nous sauver ensemble, Hwin et moi, et voici de quelle façon : nous rentrâmes à la maison de mon père et je revêtis mes habits les plus gais, je chantai et dansai devant mon père, feignant d'être comblée par le mariage auquel il me destinait. Puis je lui dis : "Ô mon père, ô le délice de mes yeux, accordez-moi votre licence et permission de partir avec l'une de mes suivantes passer trois jours dans la forêt pour faire des sacrifices secrets à Zardeenah, reine de la Nuit et patronne des Jeunes Filles à marier, comme, selon la coutume, il sied aux demoiselles qui vont devoir quitter le service de Zardeenah afin de se préparer au mariage." Et il me répondit : "Ô ma fille, ô le délice de mes yeux, qu'il en soit ainsi."

« Mais dès que je fus hors de la présence de mon père, je m'en allai voir son secrétaire particulier, qui se trouve être son esclave le plus âgé, celui qui me faisait sauter sur ses genoux quand j'étais bébé et qui m'aime plus que l'air qu'il respire ou la lumière de ses yeux. Je lui fis jurer le secret et l'implorai de bien vouloir écrire pour moi une lettre. En pleurant, il me supplia de revenir sur ma décision, mais il finit par dire : "Vos désirs sont des ordres." Et il fit selon ma volonté. Je scellai la lettre et la cachai dans mon giron.

– Mais qu'y avait-il dans la lettre ? s'enquit Shasta.

– Du calme, jeune homme, dit Bree. Tu gâches l'histoire. Elle nous dira tout ce qui concerne la lettre quand le moment sera venu. Continuez, tarkheena.

– Alors, j'ai appelé la suivante qui devait m'accompagner dans la forêt pour pratiquer les rites de Zardeenah et lui ai demandé de me réveiller très tôt. Je me suis montrée joyeuse avec elle et lui ai donné du vin à boire ; mais j'avais mélangé au contenu de son verre de quoi la faire dormir une nuit et tout le jour suivant. Dès que la maisonnée de mon père est allée dormir, je me suis levée, j'ai enfilé une armure de mon frère que je gardais toujours dans ma chambre en souvenir de lui. J'ai glissé dans ma ceinture tout l'argent dont je disposais et certains bijoux de prix, me suis approvisionnée en nourriture, ai sellé ma jument de mes propres mains et me suis échappée à la première relève de la garde de nuit. J'ai galopé, non vers la forêt où mon père croyait que j'étais allée, mais vers le nord et l'est en direction de Tashbaan.

« En fait, je savais que, pendant au moins trois jours, mon père, trompé par mes paroles, ne me chercherait pas. Et, le quatrième jour, je suis arrivée à la ville d'Azim Balda. Il faut vous dire qu'Azim Balda se trouve à la croisée de nombreuses routes. De là, les postes du

Tisroc (puisse-t-il vivre pour toujours !) envoient d'agiles coursiers vers tous les points de l'empire : et c'est l'un des droits et privilèges des tarkaans que d'envoyer des messages par leur intermédiaire. Je suis allée par conséquent voir le chef des Messagers à l'hôtel des Postes impériales d'Azim Balda et lui ai dit : "Ô expéditeur des missives, voici une lettre de mon oncle Ahoshta tarkaan adressée à Kidrash tarkaan, seigneur de Calavar. Prends donc ces cinq croissants et veille à ce qu'elle lui parvienne." Et le chef des Messagers a dit : "Vos désirs sont des ordres."

« Cette lettre était censée avoir été écrite par Ahoshta et voici ce qu'elle contenait : "Ahoshta tarkaan à Kidrash tarkaan, Paix et Salutations. Au nom de Tash, l'irrésistible et inexorable. Apprenez que, alors que j'étais en route vers votre maison pour y remplir mon engagement de mariage envers votre fille Aravis tarkheena, il plut aux dieux et à la bonne fortune que je la rencontre dans la forêt où elle achevait d'accomplir

les sacrifices rituels à Zardeenah selon la coutume propre aux jeunes filles. Apprenant qui elle était, enchanté de sa beauté et de sa modestie, j'en tombai éperdument amoureux et il me sembla que le soleil perdrait pour moi tout éclat si je ne l'épousais pas à l'instant même. En conséquence de quoi, j'ai préparé les sacrifices, épousé votre fille dans l'heure qui suivit notre rencontre et l'ai ramenée avec moi dans ma maison. Et, tous deux, nous vous prions instamment de bien vouloir venir jusqu'ici aussi vite que vous le pourrez, afin que nous ayons le plaisir de vous voir et de vous entendre ; tout aussi bien pourriez-vous apporter avec vous la dot de ma femme, dont, en raison de mes lourdes charges et de mon train de vie, j'ai besoin sans retard. Et puisque votre grâce et moi-même sommes frères, je me tiens pour assuré que vous ne serez pas fâché par la précipitation de ce mariage, due à l'amour démesuré que je porte à votre fille. Et je vous recommande pour finir à la protection de tous les dieux."

« Dès que j'en eus terminé avec cela, je m'éloignai d'Azim Balda en toute hâte sans craindre d'être poursuivie. Prévoyant que mon père, après avoir reçu une telle lettre, enverrait des messages à Ahoshta ou irait le voir lui-même, et que, avant que le pot aux roses soit découvert, j'aurais dépassé Tashbaan. Voilà pour l'essentiel de mon histoire jusqu'à ce soir, où je fus poursuivie par des lions avant de faire votre connaissance dans l'eau salée où nous nagions côte à côte.

– Et qu'est-il arrivé à la jeune fille, celle que vous avez droguée ? demanda Shasta.

– À coup sûr, elle aura été fouettée pour s'être réveillée trop tard, répondit Aravis avec détachement. Mais c'était une espionne au service de ma belle-mère. Je suis très contente qu'on l'ait fouettée.

– Dites donc, ce n'était pas très correct, observa Shasta.

– Rien de tout cela ne m'a été inspiré par le souci de vous plaire à vous, laissa tomber Aravis.

– Il y a autre chose que je ne comprends pas bien dans votre histoire. Vous n'êtes pas adulte, je ne vous crois pas plus âgée que moi. Je pense que vous n'avez même pas mon âge. Comment pourriez-vous avoir été mariée si jeune ?

Aravis ne répondit pas, mais Bree s'empressa de dire :

– Shasta, ne fais pas étalage de ton ignorance. On se marie toujours à cet âge dans les grandes familles tarkaans.

Shasta rougit violemment (mais il y avait trop peu de lumière pour que les autres s'en aperçoivent), et se sentit snobé. Aravis demanda à Bree de raconter sa propre histoire. Bree la raconta, et Shasta trouva qu'il en rajoutait beaucoup trop à propos de ses chutes de cheval et de ses fautes d'équitation. Bien sûr, Bree trouvait cela très drôle, mais Aravis ne rit pas. Quand Bree eut fini, ils allèrent tous dormir.

Le jour suivant, tous les quatre, les deux chevaux et les deux humains, poursuivirent leur voyage ensemble. Shasta pensait que c'était beaucoup plus agréable quand Bree et lui étaient seuls de leur côté, car désormais, Bree et Aravis faisaient à eux seuls presque toute la conversation. Bree avait vécu longtemps à Calormen, au milieu de tarkaans et de leurs chevaux et, bien sûr, il connaissait la plupart des gens et des endroits qu'Aravis avait fréquentés. Elle n'arrêtait pas de dire des choses du genre :

– Mais, si vous étiez à la bataille de Zulindreh, vous devez avoir vu mon cousin Alimash.

Et Bree répondait :

– Ah ! Oui, Alimash, il n'était que capitaine des chariots, vous savez. Je ne fréquente pas trop les chariots ni les chevaux qui les tirent. Ce n'est pas de la vraie cavalerie. Mais Alimash est un gentilhomme de valeur. Il a rempli de sucre ma musette après la prise de Teebeth.

Ou encore, Bree disait :

– Je suis descendu jusqu'au lac de Mezreel l'été dernier.

Et Aravis répondait :

– Ah ! Mezreel ! J'avais une amie là-bas, Lasaraleen tarkheena. Quel endroit délicieux ! Ces jardins, et la vallée aux Mille Parfums !

Bree ne cherchait pas du tout à exclure Shasta, bien que Shasta soit parfois tenté de le penser. Les gens qui ont beaucoup d'amis communs ne peuvent pas se retenir d'en parler entre eux et, quand ça se passe devant vous, vous avez forcément l'impression de ne pas être dans le coup.

Tout intimidée par un grand cheval de bataille comme Bree, Hwin la jument n'ouvrait guère la bouche.

Quant à Aravis, elle n'adressait jamais la parole à Shasta tant qu'elle pouvait s'en dispenser.

Très vite, cependant, ils eurent à se préoccuper de choses plus importantes. Ils approchaient de Tashbaan. Les villages étaient plus nombreux, plus grands, et il y avait plus de monde sur les routes. Ils voyageaient maintenant presque exclusivement de nuit, se cachant du mieux qu'ils le pouvaient pendant le jour. À chaque halte, ils discutaient tant et plus pour savoir ce qu'ils devraient faire en arrivant à Tashbaan. Jusqu'alors, ils avaient tous évité d'aborder ce sujet, mais désormais on ne pouvait l'éluder plus longtemps. Au cours de ces discussions, Aravis devint un petit peu, un tout petit peu moins inamicale envers Shasta ; on s'entend mieux avec les gens lorsqu'on fait des projets ensemble que lorsqu'on parle de choses et d'autres.

Bree dit qu'il fallait avant tout fixer un lieu de rendez-vous où ils se retrouveraient tous au-delà de Tashbaan si, par malchance, ils venaient à être séparés lors de leur traversée de la ville. Il ajouta que le meilleur endroit, ce serait les tombeaux des Anciens Rois, à l'orée du désert.

– Des espèces de grandes ruches en pierre, dit-il, vous ne pouvez pas les rater. Et ce qu'il y a de mieux, c'est qu'aucun Calormène ne veut s'en approcher, car ils pensent que cet endroit est hanté par des goules, et ça les terrifie.

Aravis demanda si c'était vraiment hanté par des goules. Mais Bree rétorqua qu'il était un cheval libre de Narnia et ne croyait pas à ces sornettes calormènes.

Puis Shasta précisa que lui non plus n'était pas un Calormène, et qu'il se souciait comme d'une guigne de ces vieilles histoires de goules. Ce n'était pas tout à fait vrai. Mais Aravis, plutôt impressionnée (et un peu agacée aussi sur le moment), affirma que, même s'il y avait plein de goules, elle s'en moquait pas mal. Aussi fut-il convenu que les tombeaux seraient leur point de ralliement au-delà de Tashbaan, et ils avaient l'impression d'avoir bien avancé, jusqu'à ce que Hwin fît timidement remarquer que le vrai problème n'était pas ce qu'ils feraient après avoir traversé Tashbaan, mais comment ils s'y prendraient pour traverser la ville.

– Nous verrons cela demain, madame, dit Bree. Il est temps maintenant de faire un petit somme.

Mais c'était effectivement un problème difficile. La première suggestion d'Aravis fut que, de nuit, ils traversent le fleuve à la nage en aval de la ville sans entrer dans Tashbaan. Bree fit deux objections. La première, que l'estuaire du fleuve était très large et que ce serait pour Hwin un trajet à la nage beaucoup trop important, surtout avec un cavalier sur son dos (il pensait que pour lui aussi ce serait trop long, mais il ne s'étendit pas là-dessus). L'autre, que beaucoup de bateaux y passaient, avec des gens sur le pont et que si, de l'un d'eux, quelqu'un voyait deux chevaux traverser à la nage, il se poserait à coup sûr des questions.

Shasta pensait qu'ils devraient remonter le fleuve en amont de Tashbaan jusqu'à ce qu'il soit assez étroit pour qu'on puisse le traverser. Mais Bree lui expliqua qu'il y avait des deux côtés, sur des kilomètres de rives, des jardins et des maisons de villégiature où vivaient des tarkaans et des tarkheenas qui se promenaient à cheval sur les routes et donnaient des fêtes sur le fleuve. En fait, là plus que n'importe où au monde, Aravis ou même lui, Bree, risquaient de rencontrer quelqu'un qui les reconnaîtrait.

– Il faudra qu'on soit déguisés, suggéra Shasta.

Hwin dit qu'à son avis la solution la plus sûre serait de traverser directement la ville d'une porte à l'autre, parce qu'on se fait moins remarquer dans la foule. Mais, par ailleurs, elle approuvait l'idée du déguisement :

– Les deux humains, dit-elle, devront s'habiller de guenilles pour ressembler à des paysans ou à des esclaves. L'armure d'Aravis, nos selles et toutes nos affaires doivent être empaquetées et chargées sur notre dos, et les enfants feront semblant de nous conduire pour donner l'impression que nous ne sommes que des bêtes de somme.

– Ma chère Hwin ! s'exclama Aravis d'un ton vaguement méprisant. Comme si quiconque pouvait prendre Bree pour quoi que ce soit d'autre qu'un cheval de bataille, sous quelque déguisement que ce soit !

– J'incline à penser que c'est tout à fait impossible, approuva Bree en s'ébrouant et en rejetant imperceptiblement ses oreilles en arrière.

– Je sais bien que ce n'est pas un très bon plan, concéda Hwin. Mais je crois que c'est notre seule chance. Il y a une éternité que nous n'avons été pansés, et nous ne ressemblons plus à rien (en ce qui me concerne en tout cas, c'est sûr). Je suis convaincue que si nous sommes tout couverts de boue, et que, l'air indolent et fatigué, nous allons tête basse – en veillant à ne pas du tout claquer nos sabots – nous ne nous ferons sans doute pas remarquer. Nos queues doivent aussi être coupées court : pas proprement, vous voyez, mais tout effilochées.

– Très chère madame, lui dit Bree, est-ce que vous vous représentez combien ce serait désagréable d'arriver à Narnia dans cet état ?

– C'est que, répondit humblement Hwin (qui était une jument pleine de bon sens), ce qui compte, c'est d'y arriver.

Ce fut le plan de Hwin qu'il fallut adopter finalement, bien que personne ne l'appréciât beaucoup. Il posait un certain nombre de problèmes et impliquait un peu de ce que Shasta appelait « du vol » et Bree « des raids ». Ce soir-là, une ferme voisine y perdit quelques sacs et le lendemain soir, une autre y laissa un rouleau de corde. Mais il fallut bien acheter honnêtement dans un village, contre argent comptant, les vieux vêtements de garçon tout déchirés que porterait Aravis. Shasta les rapporta triomphalement à la tombée de la nuit. Les autres l'attendaient parmi les arbres au pied d'une petite chaîne de collines boisées qui se trouvait en travers de leur chemin. Ils étaient tous très excités car il s'agissait là du dernier relief à franchir. Quand ils en atteindraient la crête, ils verraient Tashbaan en contrebas.

– Je voudrais que nous soyons déjà de l'autre côté de la ville, sains et saufs, confia Shasta à Hwin.

– Oh ! moi aussi, moi aussi ! répondit Hwin avec ferveur.

Cette nuit-là, à travers la forêt, ils zigzaguèrent jusqu'à la crête en suivant une piste de bûcheron. Et en sortant des bois au sommet, ils virent des milliers de lumières dans la vallée en contrebas. Shasta n'avait jamais eu la moindre idée de ce à quoi pouvait ressembler une grande ville et il en fut effrayé. Ils prirent leur dîner et les enfants dormirent un peu. Mais les chevaux les réveillèrent très tôt le matin.

Sous les étoiles encore visibles, l'herbe était terriblement humide et froide. Le soleil pointait tout juste à l'horizon, au loin sur leur droite, par-delà la mer. Aravis s'éloigna de quelques pas dans la forêt et revint sous un aspect inhabituel, dans ses nouveaux vêtements déchirés, ses habits d'origine roulés en boule sous son bras. On les mit dans des sacs avec son armure, son cimeterre, les deux selles et tout l'élégant harnachement des chevaux. Bree et Hwin s'étaient déjà arrangés pour être aussi sales et hirsutes que possible, et il restait à couper leurs queues. Étant donné que le seul instrument utilisable était le cimeterre d'Aravis, il fallut défaire un des paquets pour l'en ressortir. Ce fut ensuite un travail fastidieux, et assez douloureux pour les chevaux.

– Ma parole ! s'exclama Bree, si je n'étais pas un cheval parlant, quelle belle ruade je vous aurais bien envoyée en pleine tête ! Je croyais que vous deviez la couper, mais pas l'arracher. C'est l'effet que ça me fait.

Mais ils finirent par tout mener à bien en dépit de la

semi-obscurité et des doigts engourdis par le froid. Les gros paquets furent fixés sur les chevaux, les enfants prirent en main les licols de corde (qu'ils portaient maintenant à la place des brides et des rênes) et le voyage commença.

– N'oubliez pas, dit Bree, de rester ensemble autant que nous le pourrons. Sinon, rendez-vous aux tombeaux des Anciens Rois, et le premier arrivé attendra les autres.

– Autre chose à ne pas oublier, ajouta Shasta. Quoi qu'il arrive, vous deux, les chevaux, ne vous laissez pas aller à parler.

Chapitre 4

Shasta fait connaissance avec les Narniens

Au début, Shasta ne put discerner, dans la vallée en contrebas, que quelques dômes et pinacles émergeant d'une mer de brume. Mais à mesure que la lumière s'affirmait et que se dissipait le brouillard, il vit de plus en plus de choses. Un large fleuve se partageait en deux bras, formant une île sur laquelle s'élevait la cité de Tashbaan, l'une des merveilles du monde. Courant autour de l'île, si près du bord que l'eau en léchait les pierres, de hautes murailles, renforcées par tant de tours fortifiées que Shasta renonça vite à les compter. À l'intérieur des murs, l'île formait une colline, et il n'y avait pas un pouce de cette colline, jusqu'à la hauteur du palais du Tisroc et même jusqu'au temple monumental de Tash au sommet, qui n'eût disparu sous les constructions : terrasse sur terrasse, rue sur rue, routes en lacets ou escaliers interminables bordés d'orangers et de citronniers, jardins suspendus, balcons, porches profonds, enfilades de piliers, flèches, remparts, pointes et minarets. Quand le soleil s'éleva enfin au-dessus de la mer et que le dôme géant du temple refléta sa lumière, le jeune garçon en fut aveuglé.

Bree ne cessait de lui dire :

– Avance, Shasta.

De chaque côté de la vallée, les rives du fleuve disparaissaient sous une telle profusion de jardins qu'on les prenait d'abord pour une forêt jusqu'à ce que, de plus près, les murs blancs de maisons innombrables se laissent deviner sous les arbres. Peu après, Shasta perçut un délicieux parfum de fleurs et de fruits. Environ quinze minutes plus tard, ils y baignaient, foulant d'un pas lourd une route en paliers que bordaient de part et d'autre des murs immaculés par-dessus lesquels des arbres inclinaient leurs branches.

– Dites donc, souffla Shasta d'une voix impressionnée, quel endroit merveilleux !

– On peut le dire, approuva Bree. Mais j'aimerais bien que nous soyons déjà de l'autre côté, sortis de là sains et saufs. Narnia et le Nord !

À cet instant, un son grave et rythmé se fit entendre, qui enfla progressivement jusqu'à ce que toute la vallée semble osciller à son rythme. C'était musical, mais si puissant et solennel que ça en devenait un peu effrayant.

– Ce sont les trompes qui sonnent l'ouverture des portes de la ville, dit Bree. Nous y serons dans une minute. Écoutez, Aravis, courbez un peu plus le dos, marchez d'un pas plus lourd et faites un effort pour avoir moins l'air d'une princesse. Essayez de vous dire que vous avez été piétinée, giflée et insultée toute votre vie.

– À ce propos, rétorqua Aravis, qu'est-ce que vous diriez d'affaisser un peu plus la tête et de cambrer un peu moins votre encolure pour ne pas avoir trop l'air d'un cheval de bataille ?

– Chut ! dit Bree, nous y sommes.

Ils étaient arrivés. Ils avaient atteint le bord de la rivière et la route devant eux passait sur un pont aux arches multiples. L'eau dansait en étincelant dans le soleil du matin ; au loin sur leur droite, vers l'estuaire, ils apercevaient des mâts de bateaux. D'autres voyageurs les précédaient sur le pont, des paysans pour la plupart, menant des ânes ou des mulets lourdement chargés, ou transportant eux-mêmes des paniers sur leurs têtes. Les enfants et les chevaux se joignirent à la foule.

– Quelque chose ne va pas ? souffla Shasta à l'intention d'Aravis, qui faisait une drôle de tête.

– Oh ! tout va très bien pour toi, murmura Aravis avec une violence contenue. Qu'est-ce que tu en as à faire, toi, de Tashbaan ? Mais moi, je devrais y entrer transportée sur une litière avec des soldats pour me précéder et des esclaves à ma suite, par exemple pour me rendre à une fête au palais du Tisroc (puisse-t-il vivre pour toujours !), et pas en me faufilant à la sauvette comme ça. Pour toi, ce n'est pas pareil.

Shasta trouvait tout cela complètement idiot.

À l'extrémité opposée du pont, les murailles de la ville les dominaient de très haut, et entre les grilles cuivrées, pourtant largement ouvertes, le passage semblait étroit du fait de leur hauteur colossale. Une demi-douzaine de soldats, appuyés sur leurs lances, se tenaient de part et d'autre. Aravis ne put s'empêcher de penser : « Ils se mettraient tous au garde-à-vous pour me saluer s'ils savaient de qui je suis la fille. » Mais les autres, soucieux de savoir comment ils allaient passer, espéraient seulement que les soldats ne poseraient pas de questions. Par bonheur, ils ne les arrêtèrent pas. Mais l'un d'eux attrapa une carotte dans le panier d'un paysan et la jeta à Shasta avec un rire rauque en disant :

– Hé ! le gars au cheval ! Tu vas y avoir droit si ton maître apprend que tu t'es servi de son destrier comme bête de somme.

Ce fut un choc pour Shasta car cela montrait bien que quiconque s'y entendait si peu que ce soit en matière de chevaux ne prendrait jamais Bree pour autre chose qu'un cheval de bataille.

– Ce sont les ordres de mon maître, c'est tout ! répondit Shasta.

Il aurait mieux valu pour lui qu'il tienne sa langue car, d'un coup de poing sur la tempe, le soldat l'assomma à moitié, en criant :

– Prends ça, petite saleté, pour t'apprendre à parler poliment aux hommes libres.

Mais ils purent tous s'infiltrer dans la ville. Shasta ne pleura qu'un tout petit peu ; il était habitué aux mauvais traitements.

Passé les grilles, Tashbaan parut d'abord moins splendide que de loin. La première rue était étroite et, dans les murs de chaque côté, il n'y avait presque pas de fenêtres. Shasta ne s'attendait pas à une foule aussi considérable : des paysans en route pour le marché qui étaient entrés avec eux, mais aussi des marchands d'eau ou de sucreries, des portefaix, des soldats, des mendiants, des enfants en haillons, des poules, des chiens errants et des esclaves aux pieds nus. Ce que vous auriez le plus remarqué si vous aviez été là-bas, c'étaient les odeurs qui émanaient des gens malpropres, des chiens sales, la puanteur ambiante due à des relents d'ail et d'oignon et aux ordures qui s'entassaient partout.

Shasta faisait semblant de mener, mais en réalité c'était Bree qui, connaissant le chemin, ne cessait de le guider par des petits coups de museau. Ils tournèrent bientôt à gauche et entamèrent l'ascension d'une colline escarpée. C'était beaucoup plus agréable et frais, car la route était bordée d'arbres et il n'y avait de maisons que du côté droit. De l'autre, ils avaient vue sur la vieille ville et pouvaient apercevoir le fleuve un peu plus loin. Puis, après un virage en épingle à cheveux sur la droite, ils poursuivirent leur ascension en zigzag jusqu'au centre de Tashbaan. Ils arrivèrent bientôt dans de beaux quartiers. Des statues monumentales des dieux et héros de Calormen – beaucoup plus imposantes que plaisantes à regarder – s'élevaient sur de brillants piédestaux. Des palmiers et les piliers des arcades projetaient leurs ombres sur le pavé brûlant. À travers le porche voûté de maints palais, Shasta put contempler de vertes ramures, des fontaines fraîches et de douces pelouses. « Ça doit être bien à l'intérieur », pensait-il.

À chaque tournant, Shasta espérait qu'ils allaient sortir de la foule, mais cela n'arrivait jamais. Leur progression en était considérablement ralentie, et de temps à autre ils devaient carrément s'arrêter. En général, c'était quand une voix forte criait : « Place, place, place pour le tarkaan », ou « pour la tarkheena », ou « pour le quinzième vizir », ou « pour l'ambassadeur », et toute la foule se tassait contre les murs. Par-dessus les têtes, Shasta apercevait parfois le grand seigneur ou la dame pour lesquels on faisait tout ce tapage, se prélassant sur une litière que quatre ou même six esclaves gigantesques portaient sur leurs épaules nues. Car à Tashbaan, il n'y avait pas d'autre règle de circulation que celle qui veut que toute personne moins importante cède la place à une personne plus importante ; à moins qu'elle ne préfère sentir la brûlure du fouet ou avoir le ventre défoncé par la hampe d'une lance.

Ce fut dans une rue magnifique, tout près des hauteurs de la ville (il n'y avait plus rien au-dessus en dehors du palais du Tisroc), qu'intervint l'arrêt le plus désastreux.

– Place, place, place ! criait la voix. Place pour le roi barbare blanc, l'hôte du Tisroc (puisse-t-il vivre pour toujours !) ! Place pour les seigneurs narniens !

Shasta s'efforça de dégager le chemin et de faire reculer Bree. Mais aucun cheval, pas même un cheval parlant de Narnia, ne recule facilement. Une femme qui portait un panier aux angles très pointus le lui enfonça durement dans le dos, en disant : « Et alors ! Tu as fini de pousser comme ça ? » Puis quelqu'un d'autre le bouscula sur le côté et, dans la confusion, il lâcha Bree. Enfin toute la foule se tassa tellement derrière lui qu'il lui devint impossible de bouger. Ainsi se trouva-t-il placé au premier rang sans l'avoir voulu, avec une vue imprenable sur le groupe qui descendait la rue.

Ces personnes-là n'avaient rien à voir avec aucune de celles qu'ils avaient pu voir ce jour-là. L'aboyeur qui les précédait en criant « Place, place ! » en était le seul Calormène. Il n'y avait pas de litière. Tout le monde était à pied. Ils étaient environ une demi-douzaine d'hommes et Shasta n'avait jamais vu jusqu'alors qui que ce soit qui leur ressemble. Ne serait-ce que parce qu'ils étaient tous clairs de peau comme lui et que la plupart avaient les cheveux blonds. Ils n'étaient pas habillés non plus comme des hommes de Calormen. La plupart d'entre eux avaient les jambes nues jusqu'aux genoux. Leurs tuniques étaient de belles couleurs, brillantes et franches – d'un vert de sous-bois, d'un jaune guilleret ou d'un bleu frais. Au lieu de turbans, ils portaient des casques d'acier ou d'argent, sertis de pierres précieuses pour certains, l'un d'eux avec de petites ailes de chaque côté. Quelques-uns allaient tête nue. Les sabres qu'ils portaient au côté étaient longs et droits, et non courbes comme les cimeterres calormènes. Au lieu d'arborer un air grave et mystérieux comme la plupart des Calormènes, ils avaient une démarche chaloupée, laissant leurs bras et leurs épaules bouger librement, et bavardaient en riant. L'un d'eux sifflotait. On voyait bien qu'ils étaient tout prêts à devenir les amis de quiconque se montrait cordial, et se souciaient comme d'une guigne de quiconque ne l'était pas. Shasta se dit que, de toute sa vie, il n'avait jamais rien vu de si sympathique.

Mais le temps lui manqua pour s'en réjouir, car il se passa soudain quelque chose de vraiment terrible. Celui des hommes aux cheveux blonds qui était à la tête du groupe montra Shasta du doigt en criant :

– Le voilà ! Voilà notre fugitif !

Et il le saisit par l'épaule. La seconde suivante, il donna à Shasta une petite tape – pas une tape méchante pour vous faire pleurer, mais une petite pour vous faire savoir que vous êtes en disgrâce – en ajoutant, tout tremblant :

– Honte sur vous, monseigneur ! Fi, quelle honte ! Vous avez tant fait pleurer la reine Susan qu'elle en a les yeux rougis ! Quoi ! Une escapade de toute une nuit ! Où étiez-vous passé ?

Shasta aurait filé sous le ventre de Bree et tenté de se perdre dans la foule s'il avait eu la moindre chance d'y parvenir, mais les hommes aux cheveux blonds l'entouraient maintenant, et on le tenait fermement.

Son premier réflexe, bien sûr, fut de dire qu'il n'était que le fils du pauvre Arsheesh, le pêcheur, et que le seigneur étranger devait l'avoir pris pour quelqu'un d'autre. Seulement voilà, dans cet endroit bondé, se mettre à expliquer qui il était et ce qu'il faisait là, c'était vraiment la toute dernière chose qu'il avait envie de faire. S'il se lançait là-dedans, on aurait tôt fait de lui demander d'où sortait son cheval, et qui était Aravis… Et alors, adieu tout espoir de traverser Tashbaan. Son second mouvement fut de chercher Bree du regard pour lui demander de l'aide. Mais Bree n'avait pas l'intention de faire savoir à toute cette foule qu'il parlait, et continuait à se donner l'air d'un cheval aussi stupide que possible. Quant à Aravis, Shasta n'osa même pas la regarder de peur d'attirer l'attention. Et il n'eut pas le temps de réfléchir, car le chef des Narniens dit soudain :

– Prenez une des mains de sa petite seigneurie, Peridan, si vous voulez bien, je prendrai l'autre. Et maintenant, en avant. Notre royale sœur aura l'esprit beaucoup plus tranquille quand elle verra notre jeune coquin en sûreté dans nos quartiers.

Ainsi, avant même qu'ils aient traversé la moitié de Tashbaan, tous leurs plans étaient réduits à néant et, sans même avoir l'occasion de dire au revoir aux autres, Shasta se trouva emmené en cortège au milieu d'étrangers, et strictement incapable de prévoir ce qui allait bien pouvoir se passer. Le roi narnien – car, à la façon dont les autres lui parlaient, Shasta comprit que ce devait être un roi – continuait à lui poser des questions : où avait-il été ? comment était-il sorti ? qu'avait-il fait de ses vêtements, et ne comprenait-il pas qu'il s'était montré très vilain ? Sauf que le roi le traitait de « vil » au lieu de vilain.

Et Shasta ne répondait rien, parce qu'il n'arrivait pas à trouver quelque chose à dire qui ne soit dangereux.

– Quoi ! Vous ne pipez mot ? s'étonna le roi. Je dois vous dire clairement, prince, que ce mutisme de chien battu convient encore moins à quelqu'un de votre sang que votre fugue elle-même. Se sauver peut passer pour une fantaisie de jeune garçon, non dénué de courage. Mais on s'attendrait à voir le fils du roi d'Archenland assumer son forfait ; et non garder la tête basse comme un esclave calormène.

Cela était extrêmement désagréable, car Shasta ne cessait de se dire que ce jeune roi était vraiment un adulte de l'espèce la plus sympathique qui soit, et il aurait aimé lui faire bonne impression.

Les étrangers le conduisirent – fermement tenu par les deux mains – le long d'une rue étroite, lui firent descendre quelques marches basses, puis en monter quelques autres, jusqu'à un large portail ouvert dans un mur blanc avec deux grands cyprès sombres de chaque côté. Après avoir passé le porche, Shasta se trouva dans une cour qui était en même temps un jardin. Au centre, une fontaine se déversait dans l'eau claire d'un bassin de marbre, qu'elle faisait constamment frissonner. Tout autour, des orangers étaient plantés dans l'herbe douce, et les quatre murs blancs qui entouraient la pelouse étaient couverts de rosiers grimpants. Le bruit, la poussière et la foule des rues semblaient soudain bien loin. On lui fit traverser rapidement le jardin puis franchir une porte obscure. L'aboyeur resta à l'extérieur. Après quoi, on l'entraîna dans un corridor dont le sol de pierre parut d'une délicieuse fraîcheur à ses pieds échauffés, et on lui fit gravir quelques escaliers. Un instant plus tard, il fut ébloui par la lumière d'une vaste pièce aérée avec des fenêtres grandes ouvertes, toutes orientées au nord pour ne laisser entrer aucun rayon de soleil. Le tapis, par terre, était plus merveilleusement coloré que tout ce qu'il avait jamais pu voir et ses pieds s'y enfonçaient comme s'il foulait une mousse épaisse. Tout autour, le long des murs, il y avait des divans bas avec de riches coussins posés dessus, et la pièce était pleine de monde. Des gens que Shasta trouva bien étranges, pour certains d'entre eux. Mais à peine eut-il le temps de se dire cela que la plus belle dame qu'il eût jamais vue se leva de son siège pour venir jeter ses bras autour de lui et l'embrasser en disant :

– Oh ! Corin, Corin, comment avez-vous pu faire cela ? Votre Grâce et moi sommes des amis si proches depuis que votre mère est morte. Qu'aurais-je dit à votre royal père si j'étais rentrée sans Votre Grâce ? Cela aurait été presque une cause de guerre entre Archenland et Narnia qui sont alliés depuis des temps immémoriaux.

C'était vil, mon compagnon, trop vil pour Votre Grâce de nous traiter ainsi.

« Apparemment, se dit Shasta, on me confond avec un prince de cet Archenland où je n'ai jamais mis les pieds. Et ceux-là sont sans doute des Narniens. Je me demande où peut bien être le vrai Corin. » Mais ces pensées ne l'aidèrent pas à trouver quelque chose à dire à voix haute.

– Où étais-tu donc, Corin ? demanda la dame, les mains toujours posées sur les épaules de Shasta.

– Je… je ne sais pas, bégaya Shasta.

– Et voilà, Susan, intervint le roi. Je n'ai pu obtenir de lui aucun récit, vrai ou faux.

– Vos Majestés ! Reine Susan ! Roi Edmund ! dit une voix.

Et quand Shasta se retourna pour voir qui avait parlé, il faillit bondir de surprise. Il s'agissait de l'un de ces personnages bizarres qu'il avait repérés du coin de l'œil en entrant dans la pièce tout à l'heure. Il était à peu près de la taille de Shasta. Au-dessus de la ceinture, il était fait comme un être humain, mais ses jambes étaient velues comme celles d'un bouc, faites comme celles d'un bouc, et il avait des sabots de bouc et une queue. Sa peau était plutôt rougeaude, ses cheveux frisés, il avait une courte barbe en pointe et deux petites cornes. En fait, c'était un faune, une créature dont Shasta n'avait jamais vu d'image ni même entendu parler. Et si vous avez lu le livre intitulé *Le Lion, la Sorcière Blanche et l'Armoire magique*, cela vous amusera de savoir que c'était exactement ce même faune, dénommé Tumnus, que la sœur de la reine Susan, Lucy, avait rencontré le tout premier jour où elle s'était retrouvée à Narnia. Mais il était nettement plus vieux maintenant, car Peter, Susan, Edmund et Lucy étaient rois et reines de Narnia depuis déjà plusieurs années.

– Vos Majestés, disait-il, Sa Petite Altesse a attrapé une insolation. Regardez-le ! Il est tout ébloui. Il ne sait pas où il est.

Alors, bien sûr, tout le monde arrêta de faire des reproches à Shasta ou de lui poser des questions, on prit grand soin de lui, on le coucha sur un divan, on mit un coussin sous sa tête et on lui donna à déguster un sorbet glacé dans une coupe dorée en lui disant de rester bien tranquille.

Rien de tout cela n'était jamais arrivé à Shasta dans sa vie antérieure. Il n'avait même jamais imaginé pouvoir se reposer sur quelque chose d'aussi confortable que ce canapé ou déguster quoi que ce soit d'aussi délicieux que ce sorbet. Il continuait à se demander ce qui était arrivé aux autres et comment, diable, il allait bien pouvoir s'échapper pour les retrouver aux tombeaux, et aussi ce qui se passerait quand le vrai Corin réapparaîtrait. Mais aucune de ces questions ne semblait plus aussi pressante, maintenant qu'il était à son aise. Et puis peut-être que, un peu plus tard, il y aurait de bonnes choses à manger !

En attendant, les gens qui se trouvaient dans cette pièce fraîche et aérée étaient très intéressants. En plus du faune, il y avait deux nains (un genre de créature qu'il n'avait jamais vu auparavant) et un très grand corbeau. Les autres étaient tous humains ; adultes mais jeunes, et tous, autant les hommes que les femmes, avaient des visages et des voix plus agréables que la plupart des Calormènes. Bientôt, Shasta fut intéressé par la conversation.

– Enfin, madame, disait le roi Edmund à la reine Susan (la dame qui avait embrassé Shasta), quel sentiment est le vôtre ? Nous sommes dans cette ville depuis trois bonnes semaines. Votre amoureux, ce prince Rabadash, avez-vous maintenant pris votre décision en conscience à son propos ? L'épouserez-vous ou non ?

La dame secoua la tête :

– Non, mon frère, dit-elle, pas même pour tous les bijoux de Tashbaan.

« Tiens ! pensa Shasta. Bien qu'ils soient roi et reine, ils sont frère et sœur, et non pas mariés l'un à l'autre. »

– En vérité, ma sœur, reprit le roi, l'auriez-vous choisi que je vous en eusse aimé un tantinet moins. Et je vous avoue qu'à la première visite des ambassadeurs du Tisroc à Narnia pour parler de ce mariage, puis ensuite quand le prince fut notre invité à Cair Paravel, ce fut un étonnement pour moi que vous pussiez avoir le cœur à lui manifester sans cesse un tel intérêt.

– Ce fut ma folie, Edmund, dit la reine Susan, une folie que je vous supplie de me pardonner. Pourtant, en vérité, quand il était avec nous à Narnia, ce prince se comportait d'une autre façon que maintenant à Tashbaan. Car je vous prends tous à témoin des merveilleux exploits qu'il accomplit dans ce grand tournoi que notre frère le roi suprême organisa pour lui et combien modestement et courtoisement il fraya avec nous durant sept jours. Mais ici, dans sa propre ville, il s'est montré sous un autre jour.

– Ah ! croassa le corbeau. C'est un vieux dicton : « Vois l'ours dans sa propre tanière pour juger de ses dispositions. »

– Ce n'est que trop vrai, Sallowpad, dit l'un des nains. Et un autre dit : « Viens vivre chez moi, tu me connaîtras. »

– Oui, dit le roi, nous l'avons maintenant vu tel qu'il est : un tyran extrêmement orgueilleux, sanglant, luxurieux, cruel et imbu de lui-même.

– Alors, par Aslan, conclut Susan, quittons Tashbaan aujourd'hui même !

– C'est là où le bât blesse, ma sœur, dit le roi Edmund. Car je dois maintenant m'ouvrir à vous de tout le souci qui n'a cessé de croître dans mon esprit ces deux derniers jours et même avant. Peridan, ayez la bonté d'aller vérifier à la porte que nous ne sommes pas espionnés. Tout est en ordre ? Bon. Désormais nous devons agir en secret.

Tous avaient pris un air très sérieux. La reine Susan sauta sur ses pieds et courut vers son frère :

– Oh ! Edmund ! s'exclama-t-elle. Que se passe-t-il ? Je lis quelque chose de terrible sur votre visage.

Chapitre 5
Le prince Corin

– Ma chère sœur et très gente dame, dit le roi Edmund, l'heure est venue de montrer votre courage. Car je vous le dis sans détour, nous sommes en grand danger.

– De quoi s'agit-il, Edmund ? s'enquit la reine.

– De ceci. Je crois que nous allons avoir du mal à quitter Tashbaan. Tant qu'il restait au prince un espoir que vous le preniez pour époux, nous étions des hôtes comblés d'honneurs. Mais, par la crinière du Lion, je crois que dès qu'il aura essuyé votre refus, nous ne serons ni plus ni moins que ses prisonniers.

Un des nains émit un sifflement étouffé.

– J'avais mis en garde Vos Majestés, dit Sallowpad le corbeau, je vous avais mis en garde. « Facile de rentrer, mais pas facile de sortir », comme disait le homard pris dans un casier !

– J'étais avec le prince ce matin, poursuivit Edmund. Il est peu habitué (c'est bien dommage) à voir contrecarrer ses volontés, et très irrité par vos tergiversations, vos réponses ambiguës. Ce matin, il a très fortement insisté pour connaître votre décision. J'ai éludé – tout en cherchant à diminuer ses espérances – en lançant quelques plaisanteries sur les caprices des femmes, et en lui suggérant que sa demande risquait d'être rejetée. La colère l'a rendu dangereux. Il y avait comme une menace, quoique encore voilée derrière une apparence de courtoisie, dans chaque mot qu'il prononçait.

– Oui, enchaîna Tumnus. Et quand j'ai soupé hier soir avec le grand vizir, c'était la même chose. Il m'a demandé si Tashbaan me plaisait. Et moi (ne pouvant lui avouer que j'en détestais chaque pierre et ne voulant pas non plus mentir), je lui ai répondu que, maintenant que le plein été arrivait, je me languissais de la fraîcheur des bois et des pentes humides de Narnia. Avec un sourire qui n'augurait rien de bon, il m'a dit : « Il n'est rien qui vous empêche d'aller y danser à nouveau, petit faune ; en tout cas, pourvu que vous nous laissiez en échange une épouse pour notre prince. »

– Voulez-vous dire qu'il ferait de moi sa femme, de force ? s'exclama Susan.

– C'est ce que je crains, Susan, dit Edmund. Sa femme… ou son esclave, ce qui est pire.

– Mais comment peut-il ? Est-ce que le Tisroc pense que notre frère le roi suprême souffrirait un tel outrage ?

– Sire, intervint Peridan en s'adressant au roi, ils ne seraient pas si fous. Pensent-ils qu'il n'y a ni glaives ni lances à Narnia ?

– Hélas ! soupira Edmund. À mon avis, le Tisroc ne craint guère Narnia. Nous sommes un petit pays. Et les petits pays aux frontières d'un grand empire ont toujours paru odieux au seigneur du grand empire, qui rêve de les rayer de la carte, de les engloutir. Quand au début, il a toléré que le prince vienne à Cair Paravel pour vous faire la cour, ma sœur, peut-être ne cherchait-il qu'un prétexte contre nous. Le plus probable est qu'il compte ne faire qu'une seule bouchée de Narnia et d'Archenland.

– Qu'il essaie seulement, railla le second nain. Sur mer, nous sommes aussi forts que lui. Et s'il nous attaque par la terre, il lui faudra traverser le désert.

– C'est vrai, mon ami, répondit Edmund. Mais le désert est-il une protection fiable ? Qu'en pense Sallowpad ?

– Je connais bien ce désert, dit le corbeau. Car je l'ai survolé en tous sens dans ma jeunesse…

Vous pouvez être sûr que Shasta dressa l'oreille à ce moment-là.

– … Et une chose est certaine : si le Tisroc passe par la grande oasis, il ne pourra jamais conduire une armée importante jusqu'en Archenland. Car, bien qu'ils puissent atteindre cette oasis au terme de leur premier jour de marche, ses sources seraient insuffisantes pour apaiser la soif de tous ces soldats et de leurs montures. Mais il y a un autre chemin…

Shasta écouta encore plus attentivement.

– … Celui qui veut trouver ce chemin, reprit le corbeau, doit partir des tombeaux des Anciens Rois et faire route vers le nord-ouest en veillant à ce que le double pic du mont Pire soit toujours droit devant lui.

Ainsi, en à peine plus d'une journée, il atteindra l'entrée d'une vallée rocheuse si étroite qu'un homme pourrait passer mille fois de suite à deux cents mètres de là sans jamais soupçonner son existence. Et, en regardant dans ce ravin, il n'y verra ni herbe ni eau ni rien de bon. Mais s'il le suit, il finira par trouver une rivière qui le conduira tout droit jusqu'en Archenland.

– Est-ce que les Calormènes connaissent ce passage par l'ouest ? demanda la reine.

– Mes amis, mes amis, intervint Edmund, quel est l'intérêt de tous ces discours ? Nous ne sommes pas en train de nous demander qui, de Narnia ou de Calormen, l'emporterait si une guerre venait à les opposer. Nous sommes en train de chercher comment sauver l'honneur de la reine et nos propres vies en échappant à cette ville diabolique. Car même si mon frère Peter, le roi suprême, était douze fois plus fort que le Tisroc, au jour de sa victoire nos gorges auraient été tranchées depuis longtemps et Sa Grâce la reine serait déjà devenue la femme, ou plus probablement l'esclave, de ce prince.

– Nous avons nos armes, Sire, fit remarquer le premier nain. Et cette maison est raisonnablement défendable.

– Quant à cela, dit le roi, je ne doute pas que chacun de nous vendrait chèrement sa vie et que, pour entrer ici et arriver jusqu'à la reine, il leur faudrait passer sur nos cadavres. Mais nous serions comme des rats se débattant dans un piège, pour tout dire.

– Très juste, croassa le corbeau. Ces combats d'arrière-garde dans une maison assiégée font de belles histoires, mais on n'y a jamais rien gagné. Une fois les premiers assauts repoussés, l'ennemi finit toujours par mettre le feu à la maison.

– C'est moi qui suis cause de tout cela, dit Susan, fondant en larmes. Oh ! si seulement je n'avais jamais quitté Cair Paravel ! Nos derniers jours heureux, c'était avant que n'arrivent ces ambassadeurs de Calormen. Les taupes étaient en train de nous préparer un verger… oh… oh !

Et, enfouissant son visage dans ses mains, elle sanglota.

– Courage, Susan, courage, dit Edmund. Souviens-toi… Mais qu'est-ce qui vous prend, maître Tumnus ?

Le faune avait pris ses deux cornes dans ses mains comme pour tenir sa tête en place et se tortillait dans tous les sens comme si une douleur le rongeait de l'intérieur.

– Ne me parlez pas, ne me parlez pas, supplia Tumnus. Je réfléchis. Je réfléchis tellement que je peux à peine respirer. Attendez, attendez, s'il vous plaît, attendez.

Il y eut un moment de silence embarrassé, puis le faune leva les yeux, aspira une grande bouffée d'air, s'épongea le front et dit :

– La seule difficulté, c'est d'aller jusqu'à notre bateau – avec quelques provisions, en plus – sans être vus ni arrêtés.

– Oui, coupa sèchement un nain. Tout comme la seule difficulté pour qu'un mendiant monte à cheval, c'est qu'il n'a pas de cheval.

– Attendez, attendez, reprit M. Tumnus avec impatience. Tout ce dont nous avons besoin, c'est d'un prétexte pour descendre jusqu'à notre bateau aujourd'hui et embarquer des choses à bord.

– Oui, concéda le roi Edmund avec scepticisme.

– Eh bien alors, reprit le faune, pourquoi est-ce que Vos Majestés ne convieraient pas le prince à un grand banquet qui se tiendrait à bord de notre propre galion, le *Splendor Hyaline*, demain soir ? En formulant le message aussi gracieusement que la reine puisse y consentir sans manquer à son honneur, de façon à rendre espoir au prince en lui donnant à penser qu'elle faiblit.

– Voilà une très bonne suggestion, Sire, croassa le corbeau.

– Et alors, poursuivit Tumnus avec enthousiasme, tout le monde trouvera normal que, toute la journée, nous n'arrêtions pas de descendre jusqu'à notre bateau pour tout préparer à l'intention de nos invités. Que quelques-uns d'entre nous aillent au bazar dépenser jusqu'à notre dernier centime chez les fruitiers, les pâtissiers et marchands de vin, tout comme nous le ferions vraiment si nous étions réellement sur le point de donner une fête. Et retenons des magiciens, des jongleurs, des danseuses et des joueurs de flûte, en les convoquant pour demain soir à notre bord.

– Je vois, je vois, dit le roi Edmund en se frottant les mains.

– Ensuite, enchaîna Tumnus, nous nous retrouvons tous à bord ce soir. Et dès qu'il fait nuit noire…

– Larguez les voiles et sortez les rames ! s'exclama le roi.

– Et cap au large ! cria Tumnus, bondissant sur ses pieds et se mettant à danser.

– Retour chez nous à toute allure ! Hourra pour Narnia et le Nord ! dirent les autres.

– Et le prince qui se réveille le lendemain matin pour trouver ses oiseaux envolés ! conclut Peridan en claquant des mains.

– Oh ! maître Tumnus, cher maître Tumnus, dit la reine en lui prenant les mains et en se balançant avec lui au rythme de sa danse. Vous nous avez tous sauvés.

– Le prince va nous poursuivre, remarqua un autre seigneur dont Shasta n'avait pas entendu le nom.

– C'est le dernier de mes soucis, rétorqua Edmund. J'ai vu tous les bateaux sur le fleuve et il n'y a là aucun

grand navire de guerre ni aucune galère rapide. J'aimerais bien qu'il nous poursuive ! Car le *Splendor Hyaline* peut couler tout ce qu'il pourra envoyer à sa suite… à supposer même que nous soyons rattrapés.

– Sire, intervint le corbeau, vous ne vous entendrez proposer aucun plan meilleur que celui du faune, même si nous restons à siéger en conseil pendant sept jours et sept nuits. Et maintenant, « le nid d'abord, les œufs ensuite », comme disent les oiseaux. Ce qui revient à dire : prenons notre repas, puis mettons-nous tout de suite au travail.

Tous se levèrent sur ces mots, les portes furent ouvertes et les seigneurs et autres créatures se mirent sur le côté pour que le roi et la reine sortent en premier. Shasta se demandait ce qu'il devait faire, mais M. Tumnus lui dit :

– Restez allongé ici, Altesse, je vous apporterai un petit festin personnel dans quelques instants. Vous n'avez pas besoin de bouger avant que nous soyons tous prêts à embarquer.

Shasta laissa retomber sa tête sur l'oreiller et fut bientôt seul dans la pièce.

« Tout ça est absolument effrayant », se disait-il. Il ne lui était jamais venu à l'idée de dire à ces Narniens toute la vérité et de leur demander de l'aide. Ayant été élevé par un homme dur et pingre comme Arsheesh, il avait pour habitude constante de ne jamais rien dire aux adultes s'il pouvait l'éviter. Il pensait que, quoi qu'on s'efforce de faire, ils le gâchent ou s'y opposent toujours. Il pensait aussi que le roi narnien pourrait se montrer amical avec les deux chevaux, parce qu'ils étaient des animaux parlants de Narnia, mais qu'il détesterait Aravis, qui était calormène, et la vendrait comme esclave, ou bien la renverrait à son père. Quant à lui-même, « je n'ose tout simplement pas lui révéler maintenant que je ne suis pas le prince Corin, se disait Shasta. J'ai entendu tous leurs plans. S'ils apprennent que je ne suis pas l'un d'eux, ils ne me laisseront jamais sortir vivant de cette maison. Ils craindront que je ne les livre au Tisroc. Ils me tueront. Et si le vrai Corin se montre, ils découvriront tout. Et ils le feront ! » Il n'avait, comme vous voyez, aucune idée de la façon dont agissent les gens nobles et nés libres.

« Qu'est-ce que je dois faire ? Qu'est-ce que je dois faire ? ne cessait-il de se demander. Qu'est-ce que… Tiens, voici revenir notre petite créature à pieds de bouc. »

Le faune entra en trottinant, dansant à moitié, avec dans les mains un plateau presque aussi grand que lui. Il le posa sur une table marquetée à côté du canapé de Shasta, et s'assit lui-même sur le tapis, en croisant ses jambes de bouc.

– Voilà, mon petit prince, dit-il. Faites un bon dîner. Ce sera votre dernier repas à Tashbaan.

C'était un bon repas selon la tradition calormène. Je ne sais pas si vous l'auriez aimé, mais Shasta, lui, l'apprécia. Il y avait du homard, de la salade, de la bécasse fourrée aux amandes et aux truffes, un plat compliqué fait de foies de volaille, de riz, de raisin et de noisettes, et puis il y avait aussi des melons frais, de la mousse de groseilles et de mûres, et toutes les bonnes choses qu'on peut faire avec de la crème glacée. Il y avait aussi un petit flacon de ce vin que l'on appelle « blanc », alors qu'en fait il est jaune.

Pendant que Shasta mangeait, le brave petit faune, qui le croyait toujours sous l'effet de son insolation, continuait à lui parler des moments heureux qui l'attendaient, quand ils seraient tous rentrés chez eux ; de son bon vieux père, le roi Lune d'Archenland et du petit château où il vivait sur le versant sud du col, en haut de la montagne.

– Et n'oubliez pas, insistait M. Tumnus, qu'on vous a promis votre première armure complète et votre premier cheval de bataille pour votre prochain anniversaire. Ensuite, Votre Altesse apprendra à jouter en tournoi. Et dans quelques années, si tout va bien, le roi Peter a promis à votre royal père de vous faire lui-même chevalier à Cair Paravel. Entre-temps, il y aura beaucoup d'allées et venues entre Narnia et Archenland par le col dans la montagne. Et bien sûr, vous vous rappelez que vous avez promis de venir passer toute une semaine avec moi pour le festival d'Été. Il y aura des feux de joie, des danses de faunes et de dryades toute la nuit au fond des bois et – qui sait ? – peut-être verrons-nous Aslan lui-même !

Quand le repas fut terminé, le faune conseilla à Shasta de rester tranquillement là où il était.

– Et ça ne vous ferait aucun mal de dormir un petit peu, ajouta-t-il. Je vous appellerai longtemps avant de monter à bord. Ensuite, retour chez nous. Narnia et le Nord !

Shasta avait tellement apprécié son dîner et toutes les choses que Tumnus lui avait racontées que, quand il se retrouva seul, ses pensées prirent un tour différent. Il souhaitait seulement, désormais, que le vrai prince Corin ne reparaisse pas avant qu'il ne soit trop tard et qu'il n'ait été, lui, emmené en bateau à Narnia. J'ai bien peur de devoir dire qu'il ne pensait pas du tout à ce qui pourrait arriver au vrai Corin quand on l'aurait abandonné à Tashbaan. Il se faisait un peu de souci pour Aravis et Bree qui l'attendraient aux tombeaux. Mais il se disait à lui-même : « Bon, bien, qu'est-ce que je peux y faire ? » et aussi : « De toute façon, cette Aravis se trouve trop bien pour aller avec moi, alors, qu'elle se débrouille », et il ne pouvait pas non plus s'empêcher de penser que ce serait beaucoup plus agréable de rejoindre Narnia en bateau qu'en crapahutant dans le désert.

Quand il eut réfléchi à tout ça, il fit ce que vous auriez fait vous-même, j'espère, si vous vous étiez levé très tôt pour faire une longue marche, si, après beaucoup d'émotions, vous aviez pris un très bon repas, et si vous étiez allongé sur un divan dans une pièce fraîche sans autre bruit que le bourdonnement d'une abeille entrée par la fenêtre grande ouverte. Il s'endormit.

Il fut réveillé en sursaut par un grand fracas. Il se redressa d'un bond sur le canapé, les yeux écarquillés. À l'instant même, il vit en balayant la pièce du regard – les lumières et les ombres, tout semblait différent – qu'il avait dû dormir plusieurs heures. Il aperçut aussi ce qui avait provoqué le bruit : un vase de porcelaine de grand prix, précédemment posé sur l'appui de la fenêtre, gisait maintenant sur le sol, brisé en près de trente morceaux. Mais c'est à peine s'il remarqua toutes ces choses. Ce qui mobilisait toute son attention, c'étaient deux mains qui s'agrippaient à l'appui de la fenêtre par l'extérieur. Elles s'agrippèrent de plus en plus fort, leurs jointures devenant toutes blanches, puis une tête et une paire d'épaules apparurent. Un instant plus tard, un garçon du même âge que Shasta se tenait assis dans l'embrasure, une de ses jambes pendant à l'intérieur de la pièce.

Shasta n'avait jamais vu son visage dans un miroir. Même s'il l'avait vu, il aurait pu ne pas concevoir que l'autre garçon fût (en temps ordinaire)

presque exactement identique à lui-même. Sur le moment, le garçon ne ressemblait à personne en particulier, car il avait le plus bel œil au beurre noir qu'on ait jamais vu, une dent manquante, des vêtements (qui, quand il les avait mis, devaient être splendides) sales et déchirés, et son visage était couvert de sang et de boue.

– Qui es-tu ? chuchota le garçon.

– Es-tu le prince Corin ? demanda Shasta.

– Oui, bien sûr, dit l'autre. Mais qui es-tu, toi ?

– Je ne suis personne, je veux dire, personne de spécial. Le roi Edmund m'a attrapé dans la rue, il me prenait pour toi. Je suppose qu'on doit se ressembler. Je peux sortir par où tu es rentré ?

– Oui, si tu n'es pas trop mauvais grimpeur, répondit Corin. Mais pourquoi es-tu si pressé ? Dis donc, on pourrait bien s'amuser avec ça, se faire prendre l'un pour l'autre.

– Non, non, dit Shasta. Chacun doit reprendre sa place tout de suite. Ce sera terrible, tout simplement, si M. Tumnus revient et nous trouve tous les deux ensemble. J'ai fait semblant d'être toi, j'étais obligé. Tu dois partir ce soir… en secret. Où est-ce que tu étais pendant tout ce temps ?

– Un gamin dans la rue a fait une sale plaisanterie sur la reine Susan, répondit le prince Corin, alors je lui ai cassé la figure. Il s'est réfugié en hurlant dans une maison et son grand frère est sorti. Alors, j'ai cassé la figure du grand frère. Puis ils m'ont tous poursuivi jusqu'à ce qu'on tombe sur trois vieux bonshommes avec des lances, qu'on appelle la garde. Alors, je me suis battu contre la garde et ils m'ont cassé la figure. Il commençait à faire noir à ce moment-là. Les types de la garde m'ont emmené pour m'enfermer quelque part. Alors, je leur ai demandé s'ils aimeraient boire un pichet de vin et ils m'ont répondu qu'ils n'avaient rien contre. Donc, je les ai conduits dans une taverne pour les faire boire et ils se sont tous assis et ont tellement bu qu'ils ont fini par s'endormir. J'ai pensé que c'était le moment de m'en aller, alors je suis sorti en catimini, et là, j'ai retrouvé le premier gamin – celui qui avait tout déclenché – qui traînait encore dans le coin. Alors, je lui ai recassé la figure. Après ça, j'ai grimpé par une gouttière sur le toit d'une maison et j'y suis resté couché tranquillement jusqu'à ce que le jour se lève. Depuis, j'ai passé mon temps à chercher mon chemin pour rentrer. Dis donc, il n'y a rien à boire ?

– Non, j'ai tout bu, répondit Shasta. Maintenant, montre-moi comment tu as fait pour entrer. Il n'y a pas une minute à perdre. Tu ferais mieux de t'allonger sur ce canapé et de faire semblant… mais j'oubliais : ça ne marchera pas avec tous ces bleus et ton œil au beurre noir. Tu n'auras qu'à leur dire la vérité, une fois que je serai loin.

– Qu'est-ce que tu crois que je leur aurais dit d'autre ? demanda le prince, l'air assez agacé. Et qui es-tu ?

– On n'a pas le temps, répondit Shasta dans un chuchotement exaspéré. Je suis narnien, je crois ; quelque chose du Nord en tout cas. Mais j'ai été élevé toute ma vie à Calormen. Et là, je suis en train de m'échapper par le désert avec un cheval parlant qui s'appelle Bree. Et maintenant, vite ! Comment est-ce que je sors ?

– Regarde, lui dit Corin. Laisse-toi glisser de cette fenêtre sur le toit de la véranda. Mais tu dois faire doucement, sur la pointe des pieds, pour que personne ne t'entende. Puis, tu continues sur ta gauche et tu peux grimper en haut de ce mur si tu n'es pas complètement nul en escalade. Après, tu suis le mur jusqu'à l'angle. Laisse-toi tomber sur le tas d'ordures que tu verras dehors, et tu es arrivé.

– Merci, lui répondit Shasta, déjà à califourchon sur l'appui de la fenêtre.

Les deux garçons se regardèrent et découvrirent soudain qu'ils étaient devenus amis.

– Au revoir, ajouta Corin. Et bonne chance. Je souhaite vraiment que tu t'en sortes.

– Au revoir. Dis donc, il t'en est arrivé des aventures !

– Ce n'est rien, comparé aux tiennes, répondit le prince. Maintenant, descends, en douceur... Dis donc, ajouta-t-il au moment où Shasta se laissait glisser dehors, j'espère qu'on se verra en Archenland. Va chez mon père, le roi Lune, et dis-lui que tu es un de mes amis. Attention ! J'entends venir quelqu'un.

Chapitre 6
Shasta au milieu des tombeaux

Shasta courait avec légèreté sur la pointe de ses pieds nus brûlés par la chaleur du toit. Arrivé au bout, il n'eut besoin que de quelques secondes pour se hisser sur le mur et, quand il en atteignit l'angle, il vit en dessous de lui une rue étroite et malodorante avec un tas d'ordures posé contre le mur, exactement comme Corin le lui avait dit. Avant de sauter, il jeta un rapide coup d'œil autour de lui pour se repérer. Apparemment, il était maintenant de l'autre côté de l'île et de la colline sur laquelle Tashbaan était construit. Devant lui, ce n'était qu'une cascade de toits plats dévalant en escalier jusqu'à la muraille nord de la ville, avec ses tours et ses remparts. Au-delà coulait le fleuve et, passé le fleuve, une petite montée couverte de jardins. Encore plus loin, il y avait autre chose, mais qui ne ressemblait à rien de ce qu'il avait déjà vu : une immense surface gris jaunâtre, plate comme une mer calme, et s'étendant sur des kilomètres. De l'autre côté, il discerna d'énormes masses bleues, comme des bosses mais avec des crêtes déchiquetées, dont certaines étaient blanches au sommet. « Le désert ! Les montagnes ! » se dit Shasta.

Il sauta sur le tas d'ordures et courut pour descendre aussi vite que possible la ruelle étroite qui déboucha bientôt sur une autre, plus large, où passait plus de monde. Personne ne daigna jeter un coup d'œil à ce petit garçon en haillons qui courait pieds nus. Il ne cessa pourtant pas de se sentir anxieux et mal à l'aise jusqu'à ce qu'il vît en face de lui, après un tournant, les grilles de la ville. Là, il fut un peu serré et bousculé, car beaucoup de monde sortait en même temps que lui ; et, sur le pont après les grilles, la foule ne s'écoulait plus que lentement, en procession, comme des gens faisant la queue. À l'extérieur de la ville, avec cette eau claire courant de chaque côté, il régnait une fraîcheur bien agréable après la puanteur, la chaleur et le bruit de Tashbaan.

Arrivé à l'extrémité du pont, Shasta vit la foule se disperser. Apparemment, chacun partait à droite ou à gauche le long de la rive du fleuve. Il prit, droit devant lui, une route qui ne semblait pas très fréquentée, avec des jardins de chaque côté. Après quelques enjambées, il se retrouva tout seul, et quelques pas de plus l'amenèrent en haut de la côte. Arrivé là, il se figea sur place, fasciné. C'était comme s'il arrivait au bout du monde car d'un seul coup, à quelques mètres de lui, l'herbe s'arrêtait complètement, faisant place au sable : une interminable étendue de sable, comme au bord de la mer, mais un sable un peu plus rugueux parce qu'il n'était jamais humide. Les montagnes, qui maintenant paraissaient plus lointaines qu'avant, se découpaient à l'horizon. À son grand soulagement, il aperçut les tombeaux à environ cinq minutes de marche sur sa gauche, exactement conformes à la description de Bree ; d'énormes masses de pierre en désagrégation, qui faisaient penser à des ruches géantes, en un peu plus élancées. Elles paraissaient d'autant plus sombres et sinistres que le soleil était en train de se coucher juste derrière.

Il bifurqua vers l'ouest et courut vers les tombeaux. Il ne pouvait s'empêcher de chercher anxieusement du regard le moindre signe de la présence de ses amis, bien que, ébloui par le soleil couchant, il ne pût voir grand-chose. « Et de toute façon, pensait-il, ils seront derrière le tombeau le plus éloigné, bien sûr, et pas de ce côté-ci, où, de la ville, n'importe qui pourrait les voir. »

Il y avait environ douze tombeaux, chacun avec une porte basse et voûtée qui ouvrait sur une obscurité absolue. Ils étaient éparpillés sans aucun semblant d'ordre. Aussi fallait-il beaucoup de temps pour être sûr, en allant faire le tour de celui-ci, puis de celui-là, d'avoir bien inspecté chaque tombeau sous tous les angles. C'est ce que Shasta dut faire. Il n'y avait personne.

Tout était très tranquille, là, à l'orée du désert ; et maintenant le soleil était vraiment couché.

Soudain, quelque part derrière lui, il entendit un bruit épouvantable. Son cœur se mit à battre violemment et il dut se mordre la langue pour se retenir de crier. La seconde d'après, il sut ce que c'était : les trompes de Tashbaan sonnant la fermeture des portes. « Stupide petit poltron ! se dit-il à lui-même. Eh bien quoi ? C'est le même bruit que celui que tu as entendu ce matin. » Mais il y a une grande différence entre un bruit qui signifie, le matin, que vous pouvez entrer dans la ville avec vos amis et le même bruit qui vous laisse dehors, seul, dans les ténèbres naissantes. Maintenant que les portes étaient fermées, il savait qu'il n'y avait aucune chance que les autres le rejoignent ce soir-là. « Ou bien ils sont enfermés dans Tashbaan pour la nuit, pensa Shasta, ou bien alors, ils ont continué sans moi. C'est exactement le genre de choses que ferait Aravis. Mais Bree ne ferait pas ça. Oh ! non, il ne le ferait pas… Enfin, est-ce qu'il pourrait faire ça ? »

En ce qui concernait Aravis, Shasta, une fois de plus, se trompait complètement. Fière et plutôt dure à l'occasion, elle était néanmoins droite comme une épée et n'aurait jamais abandonné un compagnon, qu'elle ait de l'amitié pour lui ou non.

Maintenant que Shasta savait qu'il lui faudrait passer la nuit tout seul (à chaque minute, il faisait un peu plus sombre), il appréciait de moins en moins l'aspect de l'endroit. Il y avait dans le silence de ces hautes formes de pierre quelque chose qui vous mettait très mal à l'aise. Pendant un long moment, il avait mobilisé toute sa volonté pour s'efforcer de ne pas penser aux goules : mais il ne put y résister plus longtemps.

– Aaah ! Aaah ! Au secours ! s'écria-t-il soudain en sentant quelque chose frôler sa jambe.

Je crois qu'on ne peut reprocher à quelqu'un de crier si quelque chose surgit derrière lui et le touche ; surtout dans un tel endroit, en un pareil moment, alors qu'il est déjà terrorisé. De toute façon, Shasta était trop effrayé pour pouvoir se sauver. Rien ne lui eût paru pire que de devoir courir tout autour du lieu d'inhumation des Anciens Rois avec derrière lui quelque chose qu'il n'osait pas regarder. À la place, il fit ce qui était vraiment la chose la plus sensée : il se retourna, et son cœur faillit éclater de soulagement. Ce qui l'avait effleuré n'était qu'un chat.

La lumière était trop faible à présent pour que Shasta puisse voir grand-chose du chat, si ce n'est qu'il était grand et d'un maintien très solennel. Il avait l'air d'avoir vécu pendant de longues, longues années, peut-être seul au milieu des tombeaux. Ses yeux vous donnaient à penser qu'il savait des choses sur lesquelles il garderait éternellement le secret.

– Minou, minou, dit Shasta. Je suppose que tu n'es pas un chat parlant.

Le chat le fixa avec plus d'intensité que jamais. Puis il commença à s'éloigner et, bien sûr, Shasta le suivit. Le chat l'entraîna à travers les tombeaux et en sortit du côté du désert. Là, il s'assit tout droit, sa queue lovée autour de ses pattes, face au désert, à Narnia et au Nord, immobile, comme s'il guettait quelque ennemi. Shasta se coucha à côté de lui, le dos contre le chat et le visage tourné vers les tombeaux, parce que, lorsqu'on n'est pas tranquille, le mieux est de faire face au danger en calant son dos contre quelque chose de chaud et de bien concret. Le sable ne vous aurait pas paru, à vous, très confortable, mais Shasta avait dormi par terre pendant des semaines et n'y prêta guère attention. Très vite, il s'endormit. Mais, en rêve, il continuait à se demander ce qui avait bien pu arriver à Bree, à Aravis, et à Hwin.

Il fut réveillé en sursaut par un bruit comme il n'en avait jamais entendu auparavant. « Peut-être était-ce seulement un cauchemar », se dit Shasta. En même temps, il constata que le chat n'était plus dans son dos, et il aurait préféré que ce ne fût pas vrai. Mais il resta parfaitement immobile sans même ouvrir les yeux, parce qu'il était sûr qu'il aurait encore plus peur s'il s'asseyait pour promener son regard sur la solitude des tombeaux. Tout comme vous et moi pourrions rester immobiles, la tête cachée sous nos draps. Le bruit reprit… Un cri perçant, déchirant, qui venait du désert, derrière lui. Alors, bien sûr, il dut se dresser sur son séant et ouvrir les yeux.

La lune brillait, très claire. Les tombeaux – beaucoup plus grands et beaucoup plus proches qu'il ne l'avait pensé – semblaient gris dans le clair de lune. En fait, ils avaient l'horrible aspect de personnages immenses, drapés dans des robes grises qui leur couvraient la tête et le visage. Ce n'étaient pas du tout des choses agréables à avoir près de soi quand on passe une nuit tout seul dans un endroit étrange. Mais le bruit venait de l'autre côté, il venait du désert. Il fallut bien que Shasta tourne le dos aux tombeaux (il n'aimait pas beaucoup ça) pour fouiller du regard l'étendue de sable. Le cri sauvage retentit à nouveau.

« J'espère que ce ne sont pas d'autres lions », pensa Shasta. En fait, cela ne ressemblait pas beaucoup aux rugissements entendus la nuit où lui et Bree avaient rencontré Hwin et Aravis. C'était en réalité le cri d'un chacal. Mais bien sûr Shasta ne le savait pas. Et, même s'il l'avait su, il n'aurait pas été très désireux de faire connaissance avec l'animal.

Les cris retentirent encore et encore. « Quoi que ça puisse être, il n'y en a pas qu'un, pensa-t-il. Et ils se rapprochent. »

Je suppose que s'il avait été un garçon tout à fait sensé, il serait retourné à travers les tombeaux vers le bord du fleuve, où il y avait des maisons et où les bêtes sauvages ne viendraient probablement pas. Seulement, voilà : sur son chemin, il y aurait (ou il pensait qu'il y aurait) les goules. Retourner parmi les tombeaux, cela voulait dire passer à côté de leurs ouvertures béantes et sombres. Et qui sait ce qui en serait sorti ? Cela peut paraître idiot, mais Shasta se sentait plutôt prêt à affronter les bêtes sauvages. Mais, comme les cris se rapprochaient de plus en plus, il commença à changer d'avis.

Il était sur le point de se mettre à courir quand soudain, entre le désert et lui, un énorme animal apparut en bondissant. Comme la lune l'éclairait par-derrière, il semblait entièrement noir, et Shasta ne savait pas ce que c'était, sauf qu'il avait une grosse tête hirsute et allait sur quatre pattes. L'animal parut ne pas avoir remarqué sa présence, car il s'arrêta soudain, la tête tournée vers le désert, et émit un rugissement dont l'écho, en se répercutant parmi les tombeaux, sembla faire trembler le sable sous les pieds de Shasta. Les cris des autres créatures s'arrêtèrent d'un seul coup et il crut entendre un bruit de pas qui détalaient. Puis l'énorme bête se retourna pour examiner Shasta.

« C'est un lion, je sais que c'est un lion, pensa Shasta. Je suis fichu. Je me demande si ça fera très mal. Je voudrais que ce soit déjà fini. J'aimerais savoir s'il arrive quelque chose aux gens après leur mort. Ooooh ! Le voilà ! » Il ferma les yeux et serra les dents.

Mais, au lieu de crocs et de griffes, il sentit quelque chose de tiède se coucher à ses pieds. Et quand il ouvrit les yeux, il s'exclama :

– Mais il n'est pas du tout aussi grand que je l'imaginais ! Deux fois moins grand. Non, même pas, quatre fois moins grand. En fait, je peux dire haut et fort que c'est seulement le chat !!! Je devais rêver quand je le croyais grand comme un cheval.

Et, qu'il ait vraiment rêvé ou non, ce qui maintenant était couché à ses pieds, fixant sur lui de façon troublante ses grands yeux verts qui ne cillaient pas, c'était le chat ; mais certainement un des plus grands chats qu'il ait jamais vus.

– Oh ! minou, dit Shasta. Je suis si heureux de te revoir. J'ai fait d'horribles cauchemars.

Et il se recoucha immédiatement, dos à dos avec le chat comme au début de la nuit. La chaleur de l'animal se répandait dans tout son corps.

– Je ne ferai plus jamais de mal à un chat tant que je vivrai, dit Shasta, moitié pour le chat, moitié pour lui-même. Je l'ai fait une fois, tu sais. J'ai jeté des pierres à un vieux chat errant galeux et à moitié mort de faim. Hé ! Arrête !

Le chat s'était retourné pour lui donner un coup de griffes.

– Pas de ça, reprit Shasta. Ne fais pas comme si tu comprenais ce que je dis.

Puis il s'endormit.

Quand il se réveilla le matin suivant, le chat était parti, le soleil était déjà levé et le sable brûlait. Shasta, très assoiffé, se redressa en se frottant les yeux. Le désert était d'une blancheur aveuglante et, bien qu'un vague brouhaha provienne de la ville derrière lui, là où il se trouvait tout était parfaitement silencieux. Quand il regarda à gauche, vers l'ouest, pour ne pas avoir le soleil dans les yeux, il vit, au-delà du désert, les montagnes si clairement et nettement dessinées qu'elles semblaient n'être qu'à un jet de pierre. Il remarqua particulièrement une haute masse bleue dont le sommet se séparait en deux pics distincts, et en conclut qu'il devait s'agir du mont Pire.

« Voilà la direction que nous devons suivre, si j'en crois ce que disait le corbeau, pensa-t-il. Alors, je vais la repérer, pour ne pas perdre de temps quand les autres arriveront. » Et, avec son pied, il creusa un bon sillon, bien profond, dirigé exactement vers le mont Pire.

Ensuite, la première chose à faire, très clairement, c'était de trouver quelque chose à boire et à manger. Il traversa les tombeaux en courant – ils paraissaient très ordinaires, maintenant, et Shasta se demanda comment il avait bien pu en avoir peur – pour gagner les terres cultivées près du fleuve. Il y avait un peu de monde dans les parages, mais pas beaucoup, car les portes de la ville étaient ouvertes depuis plusieurs heures et la foule du début de matinée était déjà entrée. Il ne rencontra donc aucune difficulté pour faire un petit « raid », comme disait Bree. Il lui fallut escalader le mur d'un jardin, et peu après son butin se composait de trois oranges, d'un melon, d'une figue ou deux et d'une grenade. Ensuite, il descendit au bord du fleuve, pas trop près du pont, et but un peu. L'eau était si bonne qu'il quitta ses vêtements chauds et poussiéreux pour faire trempette ; Shasta, qui avait toujours vécu au bord de la mer, avait appris à nager presque en même temps qu'à marcher. Quand il sortit de l'eau, il s'étendit sur l'herbe et son regard se porta de l'autre côté du fleuve, sur Tashbaan – dans toute sa splendeur, sa force et sa gloire. Mais cela lui en rappela aussi les dangers. Soudain, il se dit que les autres étaient peut-être arrivés aux tombeaux pendant qu'il se baignait (« et partis sans moi, sans doute »), aussi se rhabilla-t-il en toute hâte et il fila à une telle vitesse qu'en arrivant il avait très chaud et très soif, ce qui réduisait à néant l'effet de sa baignade.

Comme la plupart des jours où l'on attend quelque chose, tout seul, ce jour-là parut durer cent heures. Shasta avait beaucoup de choses en tête, bien sûr, mais quand on est assis, seul, à réfléchir, le temps ne passe pas vite. Il pensa pas mal aux Narniens et tout spécialement à Corin. Il se demanda ce qui s'était passé quand ils avaient découvert que le garçon allongé sur le canapé, et qui avait entendu tous leurs plans secrets, n'était, en réalité, absolument pas Corin. Il lui était très désagréable de se dire que tous ces gens sympathiques le voyaient comme un traître.

Mais quand le soleil, lentement, lentement, fut monté à son zénith, puis lentement, lentement, eut commencé à descendre vers l'ouest sans que personne soit venu, sans que rien du tout se soit passé, il se sentit de plus en plus inquiet. Naturellement il se rendait compte seulement maintenant que quand ils étaient convenus de s'attendre les uns les autres aux tombeaux, personne n'avait dit pendant combien de temps… Il ne pouvait pas rester là et attendre jusqu'à la fin de sa vie ! Il ferait bientôt nuit de nouveau, et il devrait encore affronter les terreurs de la nuit dernière.

Une douzaine de plans différents lui passèrent par la tête, tous nuls, et il finit par choisir le plus mauvais de tous. Il décida d'attendre jusqu'à ce qu'il fasse noir, puis de retourner au fleuve voler autant de melons qu'il pourrait en transporter, avant de partir tout seul pour le mont Pire en se fiant, pour s'orienter, à la ligne qu'il avait tracée le matin dans le sable. C'était une idée folle et s'il avait lu autant de livres que vous sur les traversées de déserts, il n'y aurait même pas songé. Mais Shasta n'avait lu aucun livre.

Avant le coucher du soleil, il se passa quelque chose. Il était assis à l'ombre d'un des tombeaux, quand, levant les yeux, il vit venir vers lui deux chevaux. Son cœur bondit dans sa poitrine en reconnaissant Bree et Hwin. Mais, une seconde plus tard, son cœur redescendit dans ses talons : il n'y avait aucun signe d'Aravis. Les chevaux étaient conduits par un personnage bizarre, un homme armé, habillé avec une certaine élégance, comme un esclave de haut rang dans une maison noble. Bree et Hwin n'étaient plus travestis en bêtes de somme, mais sellés et bridés. Qu'est-ce que cela pouvait bien vouloir dire ? « C'est un piège, pensa Shasta. Aravis s'est fait prendre et peut-être l'ont-ils torturée et elle a tout dit. Ils veulent me voir bondir, courir vers Bree et lui parler, et alors ils me prendront aussi ! Et pourtant, si je ne le fais pas, je perds peut-être ma seule chance de retrouver les autres. Oh ! que j'aimerais savoir ce qui s'est passé ! » Et il se cacha derrière le tombeau, jetant un coup d'œil à intervalles réguliers et se demandant ce qu'il était le moins dangereux de faire.

Chapitre 7
Aravis à Tashbaan

Voici ce qui s'était réellement passé. Quand Aravis vit Shasta s'éloigner, encadré par les Narniens, et se retrouva toute seule avec les deux chevaux qui (pas si bêtes) ne disaient pas un mot, elle ne perdit pas la tête une seule seconde. Elle s'empara du licol de Bree et resta immobile, tenant les deux chevaux ; et bien que son cœur battît la chamade, elle ne se trahit en rien. Mais, avant qu'elle ait pu faire un pas, un autre crieur (« Au diable ces gens-là », pensa-t-elle) se fit entendre, hurlant :

– Place, place, place ! Place pour la tarkheena Lasaraleen !

Juste derrière le crieur venaient quatre esclaves armés, puis quatre autres portant une litière tout en papillonnement de rideaux de soie et carillon de clochettes d'argent qui plongea toute la rue dans un nuage de parfums capiteux et de senteurs de fleurs. Derrière la litière, des femmes esclaves dans des robes magnifiques, puis quelques palefreniers, valets de pied, pages et autres. Et là, Aravis commit sa première erreur.

Elle connaissait très bien Lasaraleen – un peu comme si elles étaient allées à l'école ensemble – car elles avaient été invitées dans les mêmes demeures ou aux mêmes fêtes. Et Aravis ne put s'empêcher de lever les yeux pour voir à quoi ressemblait Lasaraleen maintenant qu'elle était mariée et devenue une personne vraiment importante.

Ce fut fatal. Les regards des deux jeunes filles se croisèrent. Et, se redressant tout à coup sur sa litière, Lasaraleen se mit à crier à pleine voix :

– Aravis ! Que diable fais-tu là ? Ton père…

Il n'y avait pas une seconde à perdre. À l'instant même, Aravis lâcha les chevaux, agrippa le bord de la litière, se hissa d'un coup de reins à côté de Lasaraleen et lui murmura à l'oreille d'un ton furieux :

– Tais-toi ! Tu entends ? Tais-toi. Il faut que tu me caches. Dis à tes gens…

– Mais, chérie… commença Lasaraleen de la même voix forte.

Elle se moquait pas mal que les gens regardent ; en fait, elle aimait plutôt ça.

– Fais ce que je te dis ou je ne t'adresserai plus jamais la parole, siffla Aravis. S'il te plaît, s'il te plaît, fais vite, Las. C'est terriblement important. Dis à tes gens d'emmener avec nous ces deux chevaux. Tire tous les rideaux de ta litière et allons quelque part où l'on ne puisse pas me trouver. Fais vite.

– D'accord, chérie, répondit Lasaraleen de sa voix nonchalante.

Et, s'adressant aux esclaves :

– Vous, là, que deux d'entre vous prennent les chevaux de la tarkheena. Et maintenant, à la maison. Dis donc, chérie, crois-tu qu'on ait vraiment besoin d'avoir les rideaux fermés par un temps pareil ? Je veux dire…

Car Aravis avait promptement tiré les rideaux, refermant sur elles deux une sorte de tente luxueuse et parfumée, mais un peu étouffante.

– On ne doit pas me voir, dit-elle. Mon père ne sait pas que je suis ici. Je suis en fuite.

– Ma chère, c'est merveilleusement excitant, s'exclama Lasaraleen. Je meurs d'envie d'entendre tout cela. Chérie, tu es assise sur ma robe. Ça ne t'ennuierait pas de… Voilà, c'est mieux comme ça. C'est une nouvelle robe. Elle te plaît ? Je l'ai achetée chez…

– Oh ! Las, sois sérieuse une seconde, l'interrompit Aravis. Où est mon père ?

– Tu ne le savais pas ? Il est ici, bien sûr. Il est arrivé en ville hier et te cherche partout. Quand je pense que nous sommes ici ensemble et qu'il n'en sait rien ! C'est la chose la plus drôle qui me soit jamais arrivée.

Et elle se mit à rire en gloussant. C'était depuis toujours une redoutable glousseuse, Aravis s'en souvenait à présent.

– Ce n'est pas drôle du tout, la reprit-elle. C'est dramatiquement sérieux. Où peux-tu me cacher ?

– Pas de problème, ma chère, dit Lasaraleen. Je vais t'emmener à la maison. Mon mari n'est pas là et personne ne te verra. Pfffououou ! Ce n'est pas très drôle avec les rideaux tirés. J'ai envie de voir les gens. Cela n'a pas d'intérêt de porter une nouvelle robe s'il faut se promener cloîtrée comme ça.

– J'espère que personne ne t'a entendue quand tu as crié pour m'appeler.

– Non, non, bien sûr, chérie, répondit Lasaraleen, l'esprit ailleurs. Mais tu ne m'as même pas encore dit ce que tu pensais de ma robe.

– Autre chose, ajouta Aravis. Il faut que tu dises à tes gens de traiter ces deux chevaux avec beaucoup de respect. Cela fait partie du secret. Ce sont deux vrais chevaux parlants de Narnia.

– Extra ! s'exclama Lasaraleen. Tellement excitant !

Et, oh, chérie, est-ce que tu as vu la reine barbare de Narnia ? Elle séjourne à Tashbaan en ce moment. On dit que le prince Rabadash est fou d'amour pour elle. Il y a eu depuis quinze jours des fêtes exceptionnelles, des chasses, et tout. Je n'arrive pas à la trouver tellement jolie, quant à moi. Mais certains hommes narniens sont très séduisants. On m'a emmenée à une fête sur le fleuve avant-hier, et je portais mes…

– Comment est-ce qu'on va empêcher tes gens de dire à tout le monde que tu as chez toi une invitée fagotée comme un gosse de mendiant ? Cela pourrait si facilement parvenir aux oreilles de mon père.

– Écoute, sois gentille, cesse de te tracasser, dit Lasaraleen. On va te trouver des vêtements convenables dans un instant. Nous voilà arrivées !

Les porteurs s'étaient arrêtés et posaient la litière. Quand on ouvrit les rideaux, Aravis découvrit autour d'elle une cour-jardin – très semblable à celle où Shasta avait été amené quelques minutes plus tôt dans un autre quartier de la ville. Lasaraleen serait bien entrée tout de suite à l'intérieur, mais Aravis lui rappela, dans un chuchotement frénétique, de dire un mot aux esclaves pour qu'ils ne parlent à personne de l'étrange visiteuse reçue chez leur maîtresse.

– Désolée, chérie, cela m'était complètement sorti de la tête, dit Lasaraleen. Écoutez, vous tous ! Et toi aussi le portier ! Personne ne doit sortir de la maison aujourd'hui. Et si j'en prends un à parler de cette jeune dame, il sera d'abord battu à mort, ensuite brûlé vif, et après ça mis au pain sec et à l'eau pendant six semaines. Voilà.

Bien que Lasaraleen ait prétendu mourir d'impatience d'entendre l'histoire d'Aravis, elle ne montra pas le moindre signe de curiosité à cet égard. Elle était, en fait, bien plus douée pour parler que pour écouter. Elle insista pour qu'Aravis prenne un bain luxueux et prolongé (les bains calormènes sont réputés), puis pour l'habiller avec élégance avant de la laisser lui expliquer quoi que ce soit. Elle fit une telle histoire du choix des vêtements qu'Aravis crut en devenir folle. Elle se rappelait maintenant que Lasaraleen avait toujours été comme ça, passionnée par les robes, les fêtes et les potins. Aravis s'était toujours beaucoup plus intéressée aux arcs et aux flèches, aux chevaux, aux chiens, et à la natation. Comme vous vous en doutez, chacune trouvait l'autre idiote. Mais quand, après un repas (du genre crème Chantilly, gelée, fruits et crèmes glacées), elles finirent par se retrouver toutes les deux assises dans une magnifique salle entourée de colonnes (qu'Aravis aurait mieux appréciée si le petit singe de Lasaraleen, trop gâté, n'avait pas passé son temps à grimper partout), Lasaraleen lui demanda enfin pourquoi elle s'était sauvée de chez elle.

Quand Aravis eut fini de raconter son histoire, Lasaraleen s'étonna :

– Mais, chérie, pourquoi ne veux-tu pas épouser Ahoshta tarkaan ? Tout le monde est fou de lui. Mon mari dit qu'il est en passe de devenir l'un des hommes les plus importants de Calormen. Il vient juste d'être nommé grand vizir, maintenant que le vieux Axartha est mort. Tu ne savais pas ?

– Je m'en moque. Je ne peux pas le voir, répondit Aravis.

– Mais, chérie, réfléchis un peu ! Trois palais, dont celui, magnifique, qui se trouve là-bas sur le lac, à Ilkeen. De véritables perles, d'après ce qu'on m'a dit. Enfin, les bains de lait d'ânesse... Et puis, tu me verrais tout le temps, moi.

– Pour ce qui me concerne, il peut bien garder ses palais, perles ou pas, répliqua Aravis.

– Tu as toujours été une fille bizarre, conclut Lasaraleen. Que te faut-il de plus ?

À la fin pourtant, Aravis réussit à convaincre son amie qu'elle parlait sérieusement, et même à élaborer des plans avec elle. Il n'y aurait plus de problème, maintenant, pour faire sortir les deux chevaux par la porte du Nord avant de les conduire aux tombeaux. Personne ne songerait à arrêter ni même à questionner un palefrenier revêtu d'une belle livrée, emmenant jusqu'au fleuve un cheval de bataille et la jument d'une dame. Lasaraleen disposait de tous les palefreniers voulus. Pour Aravis elle-même, c'était plus difficile. Elle suggéra qu'on la transporte en litière, les rideaux fermés. Mais, expliqua Lasaraleen, on n'utilisait les litières qu'à l'intérieur de la ville et si on en voyait une franchir les portes, à coup sûr on se poserait des questions.

Quand elles en eurent parlé longtemps – d'autant plus longtemps qu'Aravis avait du mal à empêcher son amie de changer de sujet – Lasaraleen s'exclama en battant des mains :

– Oh ! J'ai une idée. Il y a une autre façon de quitter la ville. Le jardin du Tisroc (puisse-t-il vivre pour toujours !) descend tout droit jusqu'au fleuve et là, il y a une petite porte pour aller chercher de l'eau. À l'usage exclusif des gens du palais, bien sûr, mais tu sais, ma chère (elle gloussa un petit peu), nous sommes presque des gens du palais. Je dois dire que tu as de la chance d'être tombée sur moi. Ce cher Tisroc (puisse-t-il vivre pour toujours !) est tellement gentil. Nous sommes invités presque tous les jours au palais, c'est un peu notre résidence secondaire. J'aime énormément tous ces chers princes et princesses, et j'adore positivement le prince Rabadash. À n'importe quelle heure du jour ou de la nuit, je peux y pénétrer pour aller voir une des dames de la cour. Pourquoi est-ce que je ne me glisserais pas à l'intérieur avec toi, à la nuit noire, pour te faire sortir par la porte sur le fleuve ? Il y a en permanence quelques canots à fond plat et d'autres choses de ce genre amarrés à l'extérieur. Et même si nous nous faisions prendre…

– Tout serait perdu, dit Aravis.

– Oh ! chérie, ne sois pas si excessive, dit Lasaraleen. Je veux dire, même si nous nous faisions prendre, on se contenterait de dire que c'était encore une de mes excentricités. Je commence à être réputée pour ça. L'autre jour, par exemple… Écoute bien, chérie, c'est terriblement drôle…

– Je voulais dire, tout serait perdu pour moi, précisa Aravis un peu sèchement.

– Oh… ah… oui… je vois ce que tu veux dire, chérie. Eh bien, est-ce que tu as un meilleur plan ?

Aravis n'en avait pas, et elle répondit :

– Non. Il nous faudra prendre le risque. Quand partons-nous ?

– Oh ! pas ce soir, dit Lasaraleen. Évidemment pas ce soir. Il y a là-bas une grande fête – il faut que je commence à me faire coiffer dans quelques minutes –, tout y sera illuminé comme en plein jour. Et bourré de monde, en plus ! Ce sera nécessairement demain soir.

C'étaient là de mauvaises nouvelles pour Aravis, mais il lui fallut faire contre mauvaise fortune bon cœur. L'après-midi s'écoula avec une extrême lenteur et ce fut un soulagement quand Lasaraleen partit pour le banquet, car Aravis était plus que lasse de ses gloussements et de son bavardage à propos de robes et de fêtes, de mariages, de fiançailles et de scandales. Elle alla se coucher tôt et apprécia ce moment-là : c'était si bon de retrouver des oreillers et des draps.

Le jour suivant lui parut interminable. Lasaraleen voulut revenir sur tout leur arrangement, ne cessant de répéter à Aravis que Narnia était une contrée glacée couverte de neiges éternelles, habitée par des démons et des sorciers, et qu'il fallait être fou pour songer à s'y rendre.

– En compagnie d'un petit paysan, par-dessus le marché ! ajouta Lasaraleen. Chérie, penses-y. Ça ne se fait pas.

Aravis y avait pas mal réfléchi, mais à présent, la sottise de Lasaraleen lui pesait tant que, pour la première fois, voyager avec Shasta lui apparut en fait comme une chose plus amusante que la vie mondaine de Tashbaan. Aussi se contenta-t-elle de répondre :

– Tu oublies que quand nous serons arrivés à Narnia, je ne serai plus personne, je serai exactement comme lui. Et de toute façon, j'ai promis.

– Quand je pense, renchérit Lasaraleen au bord des larmes, que si tu avais seulement un peu de bon sens, tu pourrais être l'épouse d'un grand vizir !

Aravis s'éclipsa pour aller dire un mot aux chevaux.

– Un palefrenier va vous emmener aux tombeaux peu avant le coucher du soleil, leur dit-elle. Plus besoin de ces sacs. Vous serez sellés et bridés de neuf. Mais dans les fontes de Hwin il y aura en principe de la nourriture et une outre pleine d'eau sera posée derrière les vôtres, Bree. L'homme a reçu l'ordre de vous laisser tous les deux boire tout votre soûl dans le fleuve après avoir passé le pont.

– Ensuite, Narnia et le Nord ! chuchota Bree. Mais que fait-on si Shasta n'est pas là-bas ?

– Attendez-le, bien sûr, dit Aravis. J'espère que vous avez été tout à fait bien traités.

– De toute ma vie, jamais je n'ai été logé plus confortablement, répondit Bree. Mais si le mari de votre amie, cette tarkheena glousseuse, donne à son chef palefrenier de quoi acheter la meilleure avoine, dans ce cas, il se fait rouler par celui-ci.

Aravis et Lasaraleen prirent leur dîner dans la salle aux colonnades.

Environ deux heures plus tard, elles étaient prêtes à partir. Aravis était habillée comme une esclave de rang supérieur dans une maison noble et elle avait le visage voilé. Elles s'étaient mises d'accord pour que Lasaraleen prétende, si on leur posait des questions, qu'elle venait voir une des princesses pour lui faire cadeau de son esclave Aravis.

Les deux jeunes filles sortirent à pied. En quelques minutes à peine, elles arrivèrent aux grilles du palais. Il y avait là, bien sûr, des soldats de garde, mais l'officier connaissait parfaitement Lasaraleen et fit mettre ses hommes au garde-à-vous pour la saluer. Elles entrèrent directement dans le hall de Marbre noir. Bon nombre de courtisans, d'esclaves et autres s'y agitaient encore, et les deux jeunes filles risquaient d'autant moins de se faire remarquer. Elles traversèrent le hall aux Piliers, puis la salle des Statues et, en longeant la colonnade, passèrent devant les immenses portes en cuivre martelé de la salle du Trône. Tout cela d'une magnificence indescriptible ; du moins ce qu'elles pouvaient en voir à la faible lueur des lampes.

Peu après, elles débouchèrent dans les jardins qui descendaient en multiples terrasses jusqu'en bas de la colline. Après les avoir traversés, elles arrivèrent au palais ancien. Il faisait déjà presque nuit noire. Elles pénétrèrent dans un labyrinthe de corridors qu'éclairaient parcimonieusement, çà et là, des torches fichées dans un anneau scellé au mur. Lasaraleen s'arrêta à un embranchement d'où partaient deux couloirs, l'un vers la droite, l'autre vers la gauche.

– Continue, continue, chuchota Aravis dont le cœur battait à tout rompre et qui, à chaque tournant, craignait encore de tomber sur son père.

– Je me demande simplement… dit Lasaraleen. Je ne suis pas absolument sûre du chemin à prendre à partir d'ici. Je crois que c'est à gauche. Oui, je suis presque sûre que c'est à gauche. Qu'est-ce que c'est amusant !

Elles prirent le couloir de gauche et se trouvèrent dans un passage pratiquement sans lumière, qui bientôt fit place à une série de marches descendantes.

– Parfait, dit Lasaraleen. Je suis sûre maintenant que nous sommes sur le bon chemin. Je me souviens de cet escalier.

Mais, à cet instant, une lumière au loin se rapprocha. Une seconde plus tard, au détour d'un couloir, elles virent se dessiner les ombres de deux hommes marchant à reculons en portant des chandeliers. Les gens ne marchent à reculons, bien sûr, que devant des majestés royales. Aravis sentit Lasaraleen lui serrer le bras – de cette façon brutale, à la limite du pincement, qui trahit une véritable panique. Aravis trouvait curieux que Lasaraleen eût tellement peur du Tisroc s'il était vraiment pour elle l'ami qu'elle prétendait, mais elle n'eut pas le temps de se poser de questions. Lasaraleen lui fit remonter toutes les marches en catastrophe, sur la pointe des pieds, en tâtonnant furieusement le long du mur.

– Voilà une porte, chuchota-t-elle. Vite.

Elles entrèrent, tirèrent doucement la porte derrière elles, et se trouvèrent plongées dans une obscurité totale. En entendant haleter son amie, Aravis la sentait paniquée.

– Que Tash nous protège ! chuchota Lasaraleen. Qu'est-ce que nous ferons s'il vient ici ? Est-ce qu'on peut se cacher ?

Sous leurs pieds, elles sentaient un tapis moelleux. En avançant à tâtons, elles trébuchèrent contre un canapé.

– Couchons-nous derrière, gémit Lasaraleen. Oh ! je voudrais tant que nous ne soyons pas venues !

Il y avait juste assez de place entre le divan et la tapisserie du mur pour que les deux jeunes filles s'y couchent. Lasaraleen réussit à prendre la meilleure place, où elle était entièrement dissimulée. Mais la partie supérieure du visage d'Aravis dépassait au bout du canapé, de telle sorte que si quelqu'un entrait dans la pièce avec une lampe et regardait juste dans cette direction, il lui serait impossible de ne pas la voir. Mais bien sûr, comme elle portait un voile, ce qu'on verrait n'apparaîtrait pas, à première vue, comme un front et une paire d'yeux. Aravis poussait désespérément Lasaraleen pour essayer d'obtenir un petit peu plus de place. Mais Lasaraleen, ne se souciant plus que d'elle-même dans sa panique du moment, résistait et lui pinçait les pieds. Elles abandonnèrent et se tinrent tranquilles, pantelantes. Leur propre respiration leur semblait terriblement bruyante, mais il n'y avait aucun autre bruit.

– Il n'y a plus de danger ? demanda enfin Aravis dans un chuchotement à peine perceptible.

– Je… je… je crois, commença Lasaraleen. Mais mes pauvres nerfs…

Se fit alors entendre le bruit le plus terrible qui puisse leur parvenir en cet instant : celui de la porte qui s'ouvrait. Puis une lumière apparut. Comme Aravis ne pouvait pas rentrer sa tête derrière le divan, elle vit tout.

Arrivèrent d'abord les deux esclaves (sourds et muets, comme Aravis le supposa à juste titre, et donc utilisés pour les conseils les plus secrets) qui marchaient à reculons en portant les chandeliers. Ils prirent position à chaque extrémité du divan. C'était une bonne chose, car il était évidemment plus difficile de voir Aravis, maintenant qu'un esclave était devant elle et qu'elle regardait entre ses pieds. Puis vint un vieil homme, très gros, portant une curieuse coiffure en pointe à laquelle elle reconnut immédiatement le Tisroc. Le moindre des bijoux dont il était couvert valait à lui seul plus que tous les vêtements et toutes les armes de tous les seigneurs narniens réunis. Mais il était si gros, sous un tel amoncellement de jabots, de plissés, de pompons, de boutons, de glands et de talismans qu'Aravis ne put s'empêcher de penser que le style narnien (en tout cas pour les hommes) avait meilleure allure. Derrière lui venait un grand jeune homme portant sur la tête un turban couvert de plumes et de joyaux et, au côté, un cimeterre dans un fourreau de nacre. Il semblait très énervé, ses yeux et ses dents étincelaient sauvagement à la lumière des chandelles. Venait en dernier un petit vieillard desséché, bossu, en qui elle reconnut avec un frisson d'horreur le nouveau grand vizir, celui à qui elle était promise en mariage, Ahoshta tarkaan lui-même.

Dès que ces trois personnages furent entrés et que la porte eut été fermée, le Tisroc s'assit sur le canapé avec un soupir de satisfaction, le jeune homme prit place debout en face de lui, et le grand vizir se prosterna à genoux, appuyé sur ses coudes, en pressant son visage contre le tapis.

Chapitre 8
Dans la maison du Tisroc

– Ô mon père, ô le délice de mes yeux, commença le jeune homme en bredouillant ces mots à toute vitesse et d'un air boudeur (pas du tout comme si le Tisroc était vraiment le délice de ses yeux). Puissiez-vous vivre pour toujours, mais vous m'avez totalement anéanti. Si vous m'aviez donné la plus rapide de nos galères, au lever du jour, dès que j'ai vu que le vaisseau de ces maudits barbares avait quitté son ancrage, je les aurais peut-être rattrapés. Mais vous m'avez convaincu d'envoyer quelqu'un voir s'ils n'avaient pas simplement contourné la pointe à la recherche d'un meilleur mouillage. Et maintenant, nous avons perdu une journée entière. Ils sont partis… partis… hors d'atteinte pour moi ! Cette trompeuse catin, cette…

Et il enchaîna sur toute une litanie d'attributs qu'il ne serait pas du tout convenable de reproduire ici. Car bien sûr, ce jeune homme était le prince Rabadash et, bien sûr, celle qu'il nommait « la trompeuse catin » n'était autre que Susan de Narnia.

– Reprends-toi, ô mon fils, dit le Tisroc. Car la blessure causée par le départ des invités guérit aisément dans le cœur d'un hôte judicieux.

– Mais je la veux, s'écria le prince. Il faut que je l'aie. J'en mourrai si je ne l'ai pas… pour fausse qu'elle puisse être, cette fille de chien, orgueilleuse et malfaisante ! Je ne peux dormir, mes aliments n'ont plus de saveur et mes yeux sont plongés dans l'obscurité par le souvenir de sa beauté. Il me faut la reine barbare.

– Comme l'a si bien dit un poète inspiré, fit remarquer le vizir en relevant son visage (plutôt empoussiéré) du tapis, « boire à longs traits l'eau de la fontaine de raison est souhaitable pour éteindre les feux d'un amour de jeunesse ».

Cela porta à son comble l'exaspération du prince.

– Chien, hurla-t-il en envoyant une série de coups

de pied bien ajustés dans le postérieur du vizir, ne te permets pas de me citer les poètes. Tout le jour, on a déversé sur ma tête maximes et versets et je ne peux en supporter plus.

J'ai peur de devoir dire qu'Aravis ne se sentit pas du tout désolée pour le vizir.

Le Tisroc semblait perdu dans ses pensées mais quand, après une longue pause, il remarqua ce qui se passait, il dit tranquillement :

– Ô mon fils, je t'en prie, cesse de donner des coups de pied à notre vénérable et judicieux vizir. Car, tout comme un bijou de prix garde sa valeur, serait-il enfoui sous un tas de fumier, même dans la vile personne de nos sujets le grand âge et la sagesse doivent être respectés. Cesse donc et dis-nous plutôt ce que tu désires et proposes.

– Je désire et propose, ô mon père, dit Rabadash, que vous convoquiez sur-le-champ vos armées invincibles pour envahir la terre trois fois maudite de Narnia, la ravager par le fer, par le feu, et l'adjoindre à votre empire sans limites, après avoir tué son roi suprême et tous ceux de même sang à l'exception de la reine Susan. Je dois la prendre pour femme, après lui avoir d'abord donné une bonne leçon.

– Sache, ô mon fils, dit le Tisroc, qu'aucun des mots que tu pourras prononcer ne me conduira à déclarer la guerre à Narnia.

– Si vous n'étiez pas mon père, ô Tisroc vivant pour toujours, gronda le prince en grinçant des dents, je dirais que ce sont là les paroles d'un couard.

– Et si tu n'étais pas mon fils, ô très irritable Rabadash, répliqua son père, ta vie serait courte et ta mort lente pour avoir dit cela.

Ces mots avaient été prononcés d'une voix si froide et calme qu'Aravis sentit son sang se glacer.

– Mais enfin, ô mon père, reprit le prince, d'un ton beaucoup plus respectueux cette fois, pourquoi devrions-nous, avant de punir Narnia, nous poser plus de questions que pour pendre un esclave paresseux ou envoyer un cheval de rebut se faire transformer en pâtée pour chiens ? Narnia représente moins du quart de la moindre de vos provinces. Un millier d'épées en viendrait à bout en cinq semaines. Ce n'est qu'une tache inconvenante sur les franges de votre empire.

– Sans le moindre doute, répondit le Tisroc. Ces petits pays barbares qui se baptisent eux-mêmes « libres » – ce qui revient à dire fainéants, désordonnés et sans profits – sont un objet de répulsion pour les dieux, et aussi pour toute personne ayant quelque discernement.

– Alors, comment avons-nous pu souffrir qu'un pays comme Narnia reste si longtemps insoumis ?

– Sachez, ô prince éclairé, intervint le grand vizir, que jusqu'à l'année où votre père si justement célébré a entamé son règne salutaire et sans fin, la terre de Narnia était recouverte de neige et de glace et gouvernée en outre par une enchanteresse aux pouvoirs exceptionnels.

– Tout le monde sait cela, ô vizir bavard, le coupa le prince. Mais je sais aussi que l'enchanteresse est morte, que la neige et la glace ont disparu, si bien que Narnia est désormais un pays salubre, fertile et délicieux.

– Et ce changement, ô le plus instruit des princes, a sans aucun doute été provoqué par les puissantes incantations de ces êtres détestables qui maintenant se proclament eux-mêmes rois et reines de Narnia.

– Je suis plutôt d'avis, dit Rabadash, que cela est dû au déplacement des étoiles et autres causes naturelles.

– Tout cela, intervint le Tisroc, est un sujet de polémique entre érudits. Je ne me résignerai jamais à croire qu'un si considérable changement et le meurtre de la vieille enchanteresse aient eu lieu sans l'intervention d'une puissante magie. Et de telles choses n'ont rien de surprenant dans ce pays, habité surtout par des démons ayant pris la forme d'animaux qui parlent comme des humains, et par des monstres, mi-hommes, mi-bêtes. On rapporte généralement que le roi suprême de Narnia, qui doit absolument répugner aux dieux, est soutenu par un démon d'un aspect hideux et d'une irrésistible malfaisance qui apparaît sous la forme d'un lion. Par conséquent, attaquer Narnia est une entreprise aveugle et douteuse, et je suis bien déterminé à ne pas avancer ma main si loin que je ne puisse la retirer.

– Quelle bénédiction pour Calormen, dit le vizir en faisant réapparaître son visage, qu'il ait plu aux dieux d'accorder à ses gouvernants sagesse et circonspection ! Pourtant, comme l'a dit le savant et irréfutable Tisroc, il est très pénible d'être contraint de ne pas toucher à un mets aussi délectable que Narnia. Bien inspiré était le poète qui disait…

Mais, à ce moment-là, le vizir remarqua un mouvement d'impatience à la pointe du pied princier et devint soudain silencieux.

– C'est très pénible, dit le Tisroc de sa voix profonde et calme. Chaque matin, le soleil est assombri à mes yeux, et chaque nuit mon sommeil est moins reposant car je ne puis oublier que Narnia est encore libre.

– Ô mon père, répondit Rabadash, que diriez-vous si je vous indiquais un moyen par lequel vous pourriez étendre votre bras pour prendre Narnia et cependant le retirer intact si cette tentative se soldait par un échec ?

– Si tu peux m'en indiquer un, ô Rabadash, lui dit le Tisroc, tu seras le meilleur des fils.

– Alors, écoutez, ô père. Cette nuit même et sur l'heure, je vais prendre avec moi des cavaliers, deux cents, pas plus, et leur faire traverser le désert. Aux yeux de tout le monde, vous ne saurez rien de mon expédition. Après-demain matin, je serai aux portes du château du roi Lune à Anvard en Archenland. Comme ils sont en paix avec nous, je les prendrai au dépourvu. Je serai maître d'Anvard avant qu'ils n'aient bougé. Puis je franchirai la passe au-dessus d'Anvard et traverserai Narnia jusqu'à Cair Paravel. Le roi suprême n'y est pas. Quand j'en suis parti, il préparait déjà une expédition contre les géants sur sa frontière nord. Je trouverai probablement ouvertes les portes de Cair Paravel, et j'y entrerai. Je respecterai les règles de prudence et de courtoisie et répandrai aussi peu de sang narnien que possible. Il ne me restera alors qu'à m'installer en attendant l'arrivée du *Splendor Hyaline*, avec la reine Susan à son bord, à m'emparer de mon oiseau échappé dès qu'elle mettra pied à terre, la balancer en travers de ma selle, et puis galoper, galoper, galoper pour revenir à Anvard.

– Mais, ô mon fils, dit le Tisroc, l'enlèvement de cette femme n'entraînera-t-il pas, selon toute probabilité, un grand risque pour la vie du roi Edmund ou la tienne ?

– Ils ne seront qu'un petit groupe, répondit Rabadash, et j'ordonnerai à dix de mes hommes de désarmer et de ligoter le roi Edmund. Je réprimerai le vif désir que j'ai de verser son sang, pour que sa mort ne soit pas cause de guerre entre le roi suprême et vous.

– Et si le *Splendor Hyaline* est avant toi à Cair Paravel ?

– Je ne m'inquiète pas pour cela, ô mon père, avec le peu de vent qu'il fait.

– Et enfin, ô mon fils plein de ressources, tu as bien exposé comment tout cela pourrait te donner, à toi, la femme barbare, mais non comment cela m'aiderait, moi, à renverser Narnia.

– Ô mon père, pourrait-il vous avoir échappé que, bien que mes hommes et moi ne fassions que traverser Narnia comme la flèche tirée par un arc, nous serons maîtres d'Anvard pour toujours ? Quand on tient Anvard, on est installé à la porte même de Narnia, et votre garnison d'Anvard peut être renforcée petit à petit jusqu'à ce qu'elle constitue une immense armée.

– Voilà qui est parler avec intelligence et prévoyance.

Mais comment retirerai-je mon bras si tout cela tourne mal ?

– Vous direz que j'ai agi à votre insu, contre votre volonté, sans votre bénédiction, dominé que j'étais par la violence de mon amour et l'impétuosité de la jeunesse.

– Et si le roi suprême exige alors que nous lui renvoyions la barbare, sa sœur ?

– Ô mon père, soyez assuré qu'il ne le fera pas. Même si le caprice d'une femme a pu compromettre ce mariage, Peter, le roi suprême, est un homme sage et assez intelligent pour ne vouloir à aucun prix perdre le grand honneur et l'avantage d'être allié à notre maison et de voir ses neveux et petits-neveux sur le trône de Calormen.

– Ce qu'il ne verra pas si je vis pour toujours comme je ne doute pas que tu le souhaites, dit le Tisroc d'un ton encore plus froid que d'habitude.

– De plus, ô mon père et ô le délice de mes yeux, ajouta le prince après un moment de silence gêné, nous écrirons des lettres semblant venir de la reine, disant qu'elle m'aime et n'a aucun désir de rentrer à Narnia. Car il est bien connu que les femmes sont plus changeantes que des girouettes. Et même s'ils ne croient pas tout à fait à ces lettres, ils n'oseront pas venir en armes jusqu'à Tashbaan pour la chercher.

– Ô vizir éclairé, dit le Tisroc, fais-nous profiter d'un peu de ta sagesse à propos de cette étrange proposition.

– Ô éternel Tisroc, répondit Ahoshta, la force de l'affection paternelle ne m'est pas inconnue et j'ai souvent entendu dire que les fils sont aux yeux de leur père plus précieux que des escarboucles. Aussi comment oserais-je librement vous exposer mon avis sur un projet qui peut mettre en péril la vie de ce prince exalté ?

– À coup sûr, répliqua le Tisroc, tu vas oser, en te disant que, si tu ne le fais pas, tu cours des dangers au moins aussi considérables.

– Vos désirs sont des ordres, gémit le malheureux. Sachez donc tout d'abord, ô Tisroc extrêmement raisonnable, que le danger pour le prince, à tout considérer, n'est pas si grand qu'il y paraît. Car les dieux ont privé les barbares des lumières de la sagesse, si bien que leur poésie n'est pas, comme la nôtre, pleine de préceptes choisis et de maximes utiles, mais toute d'amour et de guerre. Rien, par conséquent, ne leur paraîtra plus noble et plus admirable qu'une entreprise aussi folle que celle du… Aouh !

Car, au mot « folle », le prince lui avait donné un coup de pied.

– Arrête, ô mon fils, intervint le Tisroc. Et toi, estimable vizir, qu'il s'arrête ou pas, en aucun cas ne permets au flot de ton éloquence de s'interrompre. Car rien ne convient mieux aux personnes de gravité et de décorum que d'endurer avec constance de menus désagréments.

– Vos désirs sont des ordres, dit le vizir en se tortillant un peu pour éloigner son postérieur du pied de Rabadash. Rien, disais-je, ne semblera aussi excusable, sinon estimable, à leurs yeux, que cette tentative… heu… hasardeuse, d'autant plus qu'elle est inspirée par l'amour d'une femme. Par conséquent, si par malchance le prince venait à tomber entre leurs mains, ils ne le tueraient certainement pas. Que non, et il se pourrait même que le spectacle de son grand courage et de son extrême passion inspire à la princesse, bien qu'il n'ait pas réussi à l'enlever, une inclination pour lui.

– Voilà une bonne remarque, vieux bavard, dit Rabadash. Très bonne même, bien qu'elle ait mûri dans ton horrible tête.

– La louange de mes maîtres est la lumière de mes yeux, dit Ahoshta. Et d'autre part, ô Tisroc, dont le règne doit être et sera interminable, je pense qu'avec l'aide des dieux, il est très vraisemblable qu'Anvard tombe entre les mains du prince. Si c'est le cas, nous tenons Narnia à la gorge.

Il y eut une longue pause et la pièce devint tellement silencieuse que les deux jeunes filles osaient à peine respirer. Finalement, le Tisroc prit la parole :

– Va, mon fils, dit-il. Et fais comme tu as dit. Mais n'attends de moi aucune aide ni approbation. Je ne te vengerai pas si tu es tué et ne te délivrerai pas si les barbares te jettent en prison. Que tu réussisses ou que tu échoues, si tu verses une goutte de plus qu'il n'est nécessaire du sang des nobles Narniens et si cela provoque une guerre ouverte, ma faveur ne se portera plus jamais sur toi, et ton frère cadet prendra ta place à Calormen. Va, maintenant. Sois rapide, discret et chanceux. Puisse la force de Tash l'inexorable, l'irrésistible, animer ta lance et ton épée.

– Vos désirs sont des ordres, s'écria Rabadash.

Après s'être agenouillé un bref instant pour baiser les mains de son père, il se rua hors de la pièce. À la grande déception d'Aravis, qui était maintenant en proie à des crampes horribles, le Tisroc et le vizir restèrent.

– Ô vizir, dit le Tisroc, est-il certain qu'âme qui vive, en dehors de nous trois, n'a connaissance du conseil que nous avons tenu ici ce soir ?

– Ô mon Maître, répondit Ahoshta, il est impossible que quiconque soit au courant. Précisément parce que j'ai proposé et que vous avez accepté, dans votre infaillible sagesse, que nous nous réunissions dans le Palais ancien, où aucun conseil n'est jamais tenu et où personne de votre maison n'a aucune raison de se rendre.

– C'est bien, dit le Tisroc. Si quiconque savait, je veillerais à ce qu'il soit mort dans l'heure. Et quant à toi, ô prudent vizir, oublie tout cela. J'efface de mon propre cœur et du tien tout souvenir des plans du prince. Il est parti je ne sais où, à mon insu et sans mon consentement, poussé par sa violence, par les dispositions irréfléchies et indociles de la jeunesse. Personne ne sera plus étonné que nous deux quand nous apprendrons qu'Anvard est entre ses mains.

– Vos désirs sont des ordres, dit Ahoshta.

– Voilà pourquoi tu ne te diras jamais, même dans le secret de ton cœur, que je suis le plus dur des pères, au point de charger mon fils premier-né d'une mission où il est si probable qu'il trouve la mort… perspective plaisante pour toi qui n'aime pas le prince. Car je lis dans le tréfonds de ton âme.

– Ô irréprochable Tisroc, acquiesça le vizir, en comparaison de ma dévotion pour vous, je n'aime ni le prince ni ma propre vie, ni le pain ni l'eau ni la lumière du soleil.

– Tes sentiments, approuva le Tisroc, sont élevés et convenables. Je n'aime moi-même aucune de ces choses autant que la gloire et la puissance de mon trône. Si le prince réussit, nous aurons Archenland, et peut-être Narnia peu après. S'il échoue… j'ai dix-huit autres fils et, comme c'est souvent le cas chez les fils aînés de rois, Rabadash commençait à devenir dangereux. Plus de cinq Tisrocs de Tashbaan sont morts avant l'heure parce que leurs fils aînés, des princes éclairés, en avaient assez d'attendre le trône. Il vaut mieux qu'il aille se calmer au loin que de bouillir d'inaction ici. Et maintenant, ô excellent vizir, l'excès de ma paternelle anxiété m'incite au sommeil. Convoque les musiciens dans ma chambre. Mais, avant de te coucher, annule le pardon que nous avons signé pour le troisième cuisinier. Je sens en moi les prémices manifestes d'une indigestion.

– Vos désirs sont des ordres, dit le grand vizir.

Il recula à quatre pattes jusqu'à la porte, se releva, s'inclina profondément et sortit. Même alors, le Tisroc resta si longtemps assis en silence sur le divan qu'Aravis commença presque à craindre qu'il ne se soit endormi. Mais à la fin, avec de grands craquements d'articulations et de longs soupirs, il souleva son énorme personne, fit signe aux esclaves de le précéder avec les lumières, et sortit. La porte se ferma derrière lui, la pièce fut de nouveau plongée dans une obscurité totale, et les deux jeunes filles purent enfin respirer librement.

Chapitre 9
La traversée du désert

– Quelle horreur ! Quelle horreur absolue ! gémit Lasaraleen. Oh ! chérie, j'ai eu si peur. Je tremble des pieds à la tête. Touche-moi, tu verras.

– Allons, dit Aravis, toute tremblante elle aussi. Ils sont repartis pour le nouveau palais. Une fois que nous aurons quitté cette pièce, nous serons en sécurité. Mais nous avons perdu énormément de temps. Emmène-moi aussi vite que possible à cette porte sur le fleuve.

– Chérie, comment peux-tu ? glapit Lasaraleen. Je ne peux pas bouger… pas maintenant. Mes pauvres nerfs ! Non, nous devons juste rester un petit peu tranquilles, puis retourner en arrière.

– Pourquoi en arrière ? s'enquit Aravis.

– Oh ! tu ne comprends pas. Tu es si peu compatissante, gémit Lasaraleen en se mettant à pleurer.

Aravis se dit qu'il n'y avait pas lieu de s'attendrir.

– Écoute bien, dit-elle en attrapant Lasaraleen et en la secouant un bon coup. Si tu parles encore une seule fois de revenir en arrière, et si tu ne m'emmènes pas tout de suite à cette porte sur le fleuve… tu sais ce que je vais faire ? Je vais me précipiter dans ce couloir en hurlant. Comme ça, nous serons prises toutes les deux.

– Mais on sera toutes les deux tu… tu… tuées, hoqueta Lasaraleen. Tu n'as pas entendu ce qu'a dit le Tisroc (puisse-t-il vivre pour toujours !) ?

– Si, et je préfère être tuée que d'épouser Ahoshta. Alors, allons-y.

– Oh ! tu es impitoyable, dit Lasaraleen. Moi qui suis dans un tel état !

Mais il lui fallut bien, à la fin, céder à Aravis. Elle la précéda d'abord dans l'escalier qu'elles avaient déjà descendu, le long d'un autre couloir puis à l'air libre. Elles émergèrent dans le jardin du palais qui descendait en terrasses jusqu'aux murailles de la ville. La lune brillait à son zénith. L'un des inconvénients des aventures est que, lorsque vous tombez sur les endroits les plus magnifiques, vous êtes le plus souvent trop anxieux et trop pressé pour pouvoir les apprécier ; si bien qu'Aravis (qui devrait pourtant se les rappeler des années plus tard) n'entraperçut que vaguement les pelouses plongées dans la pénombre, les fontaines au gargouillis paisible et les ombres allongées des cyprès.

Quand elles parvinrent tout en bas et que la muraille se dressa, menaçante, au-dessus d'elles, Lasaraleen tremblait tellement qu'elle n'arriva pas à déverrouiller la porte. Aravis s'en occupa et réussit. Là, enfin, il y avait le fleuve, tout scintillant sous la lune, et un petit débarcadère avec quelques bateaux de plaisance.

– Au revoir, dit Aravis, et merci. Je suis désolée d'avoir été dure. Mais pense à ce que je suis en train de fuir !

– Oh ! Aravis, ma chérie, dit Lasaraleen, tu n'as pas changé d'avis ? Maintenant que tu as vu quel très grand homme est Ahoshta !

– Grand homme ? sursauta Aravis. Un esclave hideux et rampant qui encaisse les coups de pied avec reconnaissance, y répond par la flatterie, et espère sauver sa propre peau en encourageant cet horrible Tisroc à comploter la mort de son fils. Pouah ! J'épouserais plutôt le cuisinier de mon père qu'une telle créature.

– Oh ! Aravis, Aravis ! Comment peux-tu dire des choses aussi horribles sur le Tisroc (puisse-t-il vivre pour toujours !). Puisque c'est ce qu'il va faire, lui, c'est sûrement la meilleure chose à faire.

– Au revoir, lui dit Aravis, et j'ai trouvé tes robes ravissantes. Je trouve que ta maison est ravissante aussi. Je suis sûre que tu vas avoir une vie ravissante… mais qui ne me conviendrait pas du tout. Ferme doucement la porte derrière moi.

Elle s'arracha aux embrassades affectueuses de son amie, descendit dans un canot, largua l'amarre et, un instant plus tard, elle était au milieu du courant avec une énorme lune, la vraie, au-dessus d'elle et une autre énorme lune, son reflet, en dessous, dans le fleuve. L'air était frais, agréable, et, quand elle approcha de la rive opposée, elle entendit le hululement d'une chouette.

« Ah ! voilà qui est mieux », pensa Aravis.

Ayant toujours vécu à la campagne, elle avait détesté chaque minute de son séjour à Tashbaan.

Quand elle débarqua, elle se trouva dans l'obscurité, car les arbres et le relief de la rive lui dissimulaient la lune. Elle réussit tout de même à trouver une route, celle-là même que Shasta avait prise, et arriva, tout comme lui auparavant, à l'endroit où l'herbe fait place au sable. Elle regarda (comme lui) vers la gauche et vit les grands et sombres tombeaux. Alors là, toute courageuse qu'elle puisse être, le cœur lui manqua. Et si les autres n'étaient pas là ! Et si les goules y étaient ! Mais elle releva fièrement la tête (en se mordant un petit peu la langue) et alla droit à leur rencontre.

Avant même de les atteindre, elle aperçut Bree, Hwin et le palefrenier.

– Tu peux maintenant rentrer chez ta maîtresse, lui dit Aravis (oubliant complètement qu'il ne le pouvait pas avant l'ouverture des portes de la ville le lendemain matin). Voici de l'argent pour ta peine.

– Vos désirs sont des ordres, répondit le palefrenier en détalant à toute vitesse en direction de la ville.

Pas besoin de lui dire de se dépêcher : les goules, il avait eu le temps d'y penser, lui aussi…

Pendant les quelques secondes suivantes, Aravis s'employa à déposer des baisers sur le nez et de petites tapes sur l'encolure de Hwin et de Bree tout comme s'il s'était agi de chevaux ordinaires.

– Et voici Shasta ! Grâces soient rendues au Lion ! dit Bree.

Aravis regarda autour d'elle et là, oui, c'était bien Shasta, sorti de sa cachette au moment où il avait vu le palefrenier s'en aller.

– Et maintenant, dit Aravis, il n'y a pas un moment à perdre.

Alors, en quelques mots, elle leur parla de l'expédition de Rabadash.

– Les traîtres, les chiens ! s'exclama Bree en secouant sa crinière et en tapant du sabot. Une attaque en temps de paix, sans déclaration de guerre ! Mais nous allons lui faire une surprise. Nous serons là-bas avant lui.

– C'est possible ? dit Aravis en sautant sur la selle de Hwin.

Shasta aurait aimé monter comme ça.

– Brooh-hoo ! s'ébroua Bree. En route, Shasta. C'est possible. Et avec une bonne avance, encore !

– Il a dit qu'il allait partir immédiatement, précisa Aravis.

– C'est la façon de parler des humains, dit Bree. Mais on ne peut pas en une minute disposer d'une compagnie de deux cents chevaux et cavaliers armés, sellés, avec réserves d'eau et victuailles, prêts au départ. Maintenant, par où allons-nous ? Plein nord ?

– Non, intervint Shasta. Je sais ce qu'il faut faire. J'ai tracé une ligne. Je vous expliquerai plus tard. Prenez un peu sur la gauche, les deux chevaux. Ah !… la voilà !

– Écoutez, dit Bree. Galoper toute une journée et toute une nuit, comme dans les histoires, ce n'est pas possible dans la réalité. Il faut alterner la marche et le trot ; mais trot rapide et courtes marches. Et chaque fois que nous marchons, vous autres humains pouvez descendre et marcher aussi. Bon. Êtes-vous prête, Hwin ? Nous y allons. Narnia et le Nord !

Au début, ce fut délicieux. La nuit était tombée

depuis de nombreuses heures, le sable avait presque fini d'évacuer la chaleur du soleil reçue pendant le jour, et l'air était frais, pur et clair. Sous la lune, aussi loin que portaient leurs regards et dans toutes les directions, le sable brillait comme l'eau d'un lac ou comme un immense plateau d'argent. À part le bruit des sabots de Hwin et de Bree, on n'entendait pas un son. Shasta se serait presque endormi s'il n'avait dû descendre de sa monture pour marcher de temps à autre.

Cela parut durer longtemps. Puis vint le moment où il n'y eut plus de lune du tout. Il leur sembla chevaucher dans une obscurité totale pendant des heures et des heures. Shasta remarqua qu'il commençait à discerner un peu plus clairement devant lui la tête et l'encolure de Bree ; et lentement, très lentement, il découvrit la vaste étendue grise et plate de chaque côté. Cela paraissait complètement mort, comme appartenant à un monde disparu ; et Shasta se sentit vraiment très fatigué et remarqua qu'il avait froid et que ses lèvres étaient sèches. Tout le temps le couinement du cuir, le cliquetis des mors et le bruit des sabots… pas pataclop-pataclop comme sur une route en dur, mais sssapata-sssapata sur le sable sec.

Finalement, après des heures de chevauchée, il y eut, loin sur sa droite, comme un simple trait d'un gris plus pâle, allongé juste sur l'horizon. Puis une bande de rouge. Le matin arrivait enfin, mais sans faire chanter un seul oiseau. Maintenant, Shasta appréciait les petits moments de marche, car il avait plus froid que jamais.

Soudain, le soleil se leva et tout changea en un instant. Le sable gris devint jaune et se mit à étinceler comme s'il était jonché de diamants. Sur leur gauche, les ombres de Shasta, Hwin, Bree et Aravis, démesurément allongées, glissaient à côté d'eux. Loin devant, le double pic du mont Pire flamboyait au soleil et Shasta vit qu'ils s'étaient un peu écartés de leur trajectoire.

– Un peu plus à gauche, un peu plus à gauche, cria-t-il.

Ce qu'il y avait de mieux, c'était que, quand on regardait en arrière, Tashbaan apparaissait déjà petit et lointain. On ne voyait plus du tout les tombeaux, perdus dans cette bosse unique, aux contours déchiquetés, à laquelle se réduisait la ville du Tisroc. Ils se sentirent tous soulagés.

Mais pas pour longtemps. Bien que Tashbaan leur ait paru très loin la première fois qu'ils avaient regardé en arrière, la ville se refusa à paraître plus éloignée au fur et à mesure qu'ils avançaient. Shasta renonça à se retourner, car cela ne faisait que lui donner l'impression de ne plus avancer du tout. Puis la lumière devint gênante. La réverbération sur le sable lui faisait mal aux yeux ; mais il savait qu'il ne devait pas les fermer. Il devait les tenir grands ouverts, fixés sur le mont Pire devant lui pour crier les corrections de trajectoire. Puis vint la chaleur. Il y prit garde pour la première fois quand il dut marcher ; en se laissant glisser à terre, il sentit la chaleur du sable le frapper en plein visage comme à l'ouverture d'un four. La fois suivante, ce fut pire. Mais la troisième fois, quand ses pieds nus entrèrent en contact avec le sable, il hurla de douleur et remit un pied dans l'étrier en balançant à demi l'autre par-dessus le dos de Bree avant qu'on eût pu dire ouf.

– Désolé, Bree, s'étrangla-t-il. Je ne peux pas marcher. Ça me brûle les pieds.

– Évidemment ! haleta Bree. J'aurais dû y penser moi-même. Reste là. On n'y peut rien.

– Pour vous, ça va, dit Shasta à Aravis qui marchait à côté de Hwin. Vous avez des chaussures.

Aravis ne répondit rien, elle avait l'air coincé. Espérons que ce n'était pas son intention, mais c'était l'air qu'elle avait.

Et ça continuait, trot et marche, et trot, cliquetis-cliquetis-cliquetis, couinement-couinement-couinement, odeur de cheval chaud, odeur de chaleur personnelle, éclat aveuglant, mal de tête. Tout cela pendant des kilomètres et des kilomètres. Tashbaan ne semblait jamais s'éloigner d'un pouce. Les montagnes n'avaient jamais l'air de se rapprocher d'un pouce. On avait l'impression que cela durait depuis toujours... cliquetis-cliquetis-cliquetis, couinement-couinement-couinement, odeur de cheval chaud, odeur de chaleur personnelle.

Bien sûr chacun s'essayait à toutes sortes de ruses avec soi-même pour tenter de faire passer le temps ; et bien sûr tout cela ne servait à rien. Et chacun essayait de toutes ses forces de ne pas rêver de rafraîchissements... sorbet glacé dans un palais de Tashbaan, claire eau de source qui tinte avec un bruit sourd et rocailleux, lait froid, fluide, juste assez crémeux mais pas trop… et plus on faisait d'efforts pour ne pas y penser, plus on y pensait.

Enfin, quelque chose de différent apparut : une masse rocheuse émergeant du sable, d'environ dix mètres de haut sur cinquante mètres de long. Le soleil était à présent très haut, alors ça ne faisait guère qu'un peu d'ombre. Ils s'y tassèrent quand même. Là, ils mangèrent quelque nourriture et burent un peu d'eau. Ce n'est pas facile de faire boire un cheval à une outre, mais Bree et Hwin se servaient adroitement de leurs lèvres. Personne n'était rassasié, loin de là. Personne ne parlait. Les chevaux, mouchetés d'écume, respiraient bruyamment. Les enfants étaient pâles.

Après un repos très bref, ils se remirent en route. Mêmes bruits, mêmes odeurs, même éblouissement, jusqu'à ce que finalement leurs ombres commencent à basculer sur leur droite, pour ensuite s'allonger de plus en plus jusqu'à sembler s'étirer jusqu'à l'extrémité est du monde. Très lentement, le soleil s'approchait de l'horizon à l'ouest. Maintenant il était enfin descendu et, grâce à Dieu, l'éclat impitoyablement aveuglant avait disparu, bien que la chaleur montant du sable soit plus insupportable que jamais. Quatre paires d'yeux scrutaient farouchement les alentours à la recherche d'un signe indiquant la vallée dont Sallowpad le corbeau avait parlé. Mais, kilomètre après kilomètre, il n'y avait rien d'autre que le sable plat. À présent, la nuit était tout à fait tombée, la plupart des étoiles étaient visibles, et les chevaux continuaient à lancer leurs sabots sur le sable, les enfants se soulevaient et retombaient sur leurs selles, pitoyablement assoiffés et fatigués. Ce fut seulement après que la lune se fut élevée dans le ciel que Shasta cria, avec la voix étrangement rauque de quelqu'un dont la bouche est complètement desséchée :

– La voilà !

Il n'y avait pas moyen de la manquer, maintenant. Devant, et légèrement sur leur droite, le sol était en pente avec des monticules rocheux de chaque côté. Les chevaux étaient beaucoup trop fatigués pour parler, mais ils obliquèrent dans cette direction et furent

en une minute à l'entrée du goulet. Au début, l'intérieur était pire que le désert, il régnait une chaleur étouffante entre les parois de pierre et il y avait moins de lune. La pente continuait, assez abrupte, et des deux côtés, les rochers, de plus en plus hauts, devinrent de hautes falaises. Puis on commença à voir de la végétation – des plantes épineuses, comme des cactus, et une herbe grossière du genre à vous piquer les doigts. Bientôt les sabots des chevaux martelèrent les galets et les cailloux qui remplaçaient le sable. Derrière chaque courbe de la vallée – les courbes étaient nombreuses – leurs regards cherchaient avidement de l'eau. Les chevaux étaient pratiquement à bout de forces maintenant. Trébuchant et haletant, Hwin se laissait distancer par Bree. Ils avaient presque perdu espoir quand ils arrivèrent finalement sur un terrain un peu boueux, avec un infime filet d'eau coulant au milieu d'une herbe plus riche et plus douce. Puis le mince filet devint un ruisseau, et le ruisseau un torrent avec des buissons de chaque côté, et le torrent se transforma en rivière et puis vint un moment (après plus de déceptions que je ne pourrais en décrire) où Shasta, plongé dans une sorte de somnolence, réalisant soudain que Bree s'était arrêté, se sentit glisser de la selle. Devant eux, une petite cataracte se déversait dans un vaste bassin ; les deux chevaux y étaient déjà, la tête en bas, et buvaient, buvaient, buvaient.

– Oooh ! dit Shasta en s'y laissant descendre (l'eau montait à peu près jusqu'à ses genoux).

Il plongea sa tête directement sous la cataracte. Il

avait l'impression de vivre le moment le plus merveilleux de sa vie.

Ce ne fut que dix minutes plus tard, environ, que tous quatre en ressortirent (les deux enfants presque entièrement trempés) et commencèrent à examiner les alentours. La lune était maintenant assez haute pour éclairer l'intérieur de la vallée. Une herbe douce s'étendait des deux côtés de la rivière et, au-delà de l'herbe, des arbres et des buissons montaient jusqu'à la

base des falaises. Il devait y avoir de merveilleux arbustes en fleurs cachés dans l'ombre de ces sous-bois, car toute la clairière baignait dans les parfums les plus frais et les plus délicieux. Et du recoin le plus obscur sous les arbres parvint un son que Shasta n'avait jamais entendu auparavant : le chant d'un rossignol.

Tous étaient beaucoup trop fatigués pour parler ou pour manger. Les chevaux, sans attendre d'être dessellés, se couchèrent tout de suite. Aravis et Shasta firent de même.

Environ dix minutes plus tard, la vigilante Hwin dit :

– Mais il ne faut pas nous endormir. Nous devons garder notre avance sur ce Rabadash.

– Non, dit Bree très lentement. Devons pas dormir. Juste un peu de repos.

Shasta comprit (pendant un instant) qu'ils allaient tous s'assoupir s'il ne se levait pas. Il décida bien de se lever et de les convaincre de continuer, mais tout à l'heure, pas tout de suite... pas vraiment tout de suite...

Peu après, la lune brillait et le rossignol chantait au-dessus de deux chevaux et de deux enfants, tous profondément endormis.

Ce fut Aravis qui s'éveilla la première. Le soleil était haut dans les cieux et les heures fraîches de la matinée déjà perdues.

« C'est ma faute, se dit-elle avec rage en bondissant sur ses pieds pour réveiller les autres. On ne saurait demander à des chevaux de rester éveillés après une telle journée, même s'ils savent parler. Ni à ce garçon, bien sûr ; il n'a reçu aucune éducation décente. Mais moi, j'aurais dû le savoir. »

Les autres étaient hébétés et encore tout engourdis de sommeil.

– Heigh-ho... Broo-hoo, dit Bree. Dormi avec ma selle, hein ? Ne ferai plus jamais ça. Extrêmement inconfortable...

– Oh ! allons, allons, disait Aravis. Nous avons déjà

gâché la moitié de la matinée. Il n'y a plus un moment à perdre.

– Il y a quelqu'un qui doit prendre une bouchée d'herbe, dit Bree.

– Je crains que nous n'ayons pas le temps, fit remarquer Aravis.

– Qu'est-ce qui nous presse tellement ? dit Bree. Nous avons traversé le désert, n'est-ce pas ?

– Mais nous ne sommes pas encore en Archenland, insista Aravis. Et il nous faut arriver là-bas avant Rabadash.

– Oh ! nous devons avoir des kilomètres d'avance sur lui, plastronna Bree. N'avons-nous pas pris un chemin plus court ? Est-ce que ton ami le corbeau n'a pas dit que c'était un raccourci, Shasta ?

– Il n'a pas dit plus court, répondit Shasta. Il a seulement dit meilleur parce que, par là, on arrive à une rivière. Si l'oasis est tout droit au nord de Tashbaan, alors j'ai bien peur que ça ne soit plus long.

– Enfin, je ne peux pas continuer sans un en-cas, dit Bree. Enlève-moi ma bride, Shasta.

– S'il v-v-vous plaît, dit Hwin très timidement, j'ai tout comme Bree l'impression de ne pas pouvoir continuer. Mais quand des chevaux portent des humains (avec éperons et tout ça) sur leur dos, est-ce qu'ils ne sont pas souvent obligés de continuer même s'ils ont l'impression de ne pas pouvoir ? Et là, ils découvrent qu'ils peuvent. Je v-v-veux dire… est-ce que nous ne serions pas capables de faire encore plus, maintenant que nous sommes libres ? C'est pour Narnia.

– Je crois, madame, dit Bree d'un ton très cassant, que j'en sais un peu plus long que vous sur les campagnes, les marches forcées et sur ce qu'un cheval peut supporter.

Hwin ne répondit rien à cela, car elle était, comme la plupart des juments de haute naissance, une personne très fragile et douce que l'on déstabilisait facilement. En réalité, elle avait parfaitement raison, et si Bree avait eu à ce moment-là un tarkaan sur le dos pour le faire avancer, il se serait découvert capable de marcher à la dure pendant plusieurs heures. Mais l'une des pires conséquences de l'esclavage, c'est que quand il n'y a plus personne pour vous y obliger, vous vous révélez pratiquement incapable de vous forcer vous-même.

Aussi durent-ils attendre pendant que Bree prenait un en-cas et buvait un coup ; bien sûr Hwin et les enfants firent la même chose. Il devait être près de onze heures du matin quand ils se mirent enfin en route. Même Bree montra beaucoup moins d'énergie que la veille. Ce fut en fait Hwin, pourtant la plus faible et la plus fatiguée des deux, qui donna la cadence.

La vallée, avec sa rivière brune et fraîche, l'herbe, la mousse, les fleurs sauvages et les rhododendrons, tout cela composait un décor si agréable qu'il vous donnait envie de chevaucher à pas lents.

Chapitre 10

L'ermite de la marche du Sud

Après plusieurs heures de voyage, ils virent la vallée qu'ils suivaient s'élargir devant eux. La rivière en rejoignait une autre plus importante, large et turbulente, qui coulait de gauche à droite, vers l'est. Au-delà de cette nouvelle rivière, une contrée délicieuse moutonnait doucement en collines basses, crête après crête, jusqu'aux montagnes du Nord proprement dites. Vers la droite, il y avait des cimes rocheuses avec, pour une ou deux d'entre elles, de la neige accrochée à leurs reliefs. Vers la gauche, des pentes couvertes de pins, des falaises abruptes, des gorges étroites et des pics bleus s'étendaient aussi loin que pouvait porter le regard. Shasta ne discernait plus le mont Pire. En face d'eux, la chaîne de montagnes s'abaissait pour former comme une selle, couverte de forêts. Ce devait être là, sans doute, la passe menant d'Archenland à Narnia.

– Broo-hoo-hoo, le Nord, le Nord verdoyant ! hennit Bree.

Certes, les collines basses avaient un aspect plus vert, plus frais que tout ce qu'Aravis ou Shasta auraient pu imaginer, avec leur regard d'enfants ayant grandi dans le Sud. Leur moral remonta en flèche tandis qu'ils se dirigeaient, au rythme des claquements de sabots, vers le confluent des deux rivières.

Celle qui coulait vers l'est, en provenance des hautes montagnes à l'extrémité ouest de la chaîne, était beaucoup trop tumultueuse et trop entrecoupée de rapides pour qu'on puisse y nager ; mais, après avoir un peu exploré les environs en remontant et descendant le long du rivage, ils trouvèrent un endroit assez peu profond pour traverser à gué. Le rugissement et le fracas de l'eau, le tourbillon qu'elle formait autour des fanons des chevaux, la vibration de l'air où filaient des libellules, tout cela emplissait Shasta d'une étrange exaltation.

– Les amis, nous sommes en Archenland, dit fièrement Bree qui prenait pied sur la rive nord en éclaboussant tout et en faisant bouillonner l'eau autour de lui. Je crois que la rivière que nous venons de traverser s'appelle la Flèche coudée.

– J'espère que nous arriverons à temps, murmura Hwin.

Puis ils commencèrent à grimper, lentement et avec force zigzags, car les collines étaient escarpées. Ce pays ouvert ressemblait à un parc, sans routes ni maisons en vue. Partout, des arbres clairsemés, jamais assez denses pour former une forêt. Shasta, qui avait vécu toute sa vie dans une campagne presque sans arbres, n'en avait jamais vu autant ni d'une telle variété. Si vous aviez été là, vous auriez sans doute su (mais pas lui) que ce qu'il voyait, c'étaient des chênes, des hêtres, des bouleaux argentés, des sorbiers et des châtaigniers. Les lapins détalaient dans toutes les directions sur leur passage et, là-bas, ils voyaient un troupeau de daims se sauver parmi les arbres.

– N'est-ce pas tout simplement magnifique ? s'extasia Aravis.

En haut de la première crête, Shasta se retourna sur sa selle pour regarder en arrière. Plus aucune trace de Tashbaan ; après la mince bande de verdure qu'ils avaient traversée, le désert s'étendait jusqu'à l'horizon sans interruption.

– Hé là ! s'exclama-t-il soudain. Qu'est-ce que c'est que ça ?

– Qu'est-ce que c'est que quoi ? demanda Bree en se retournant.

Hwin et Aravis firent de même.

– Ça, dit Shasta en pointant son doigt. Cela ressemble à de la fumée. C'est un feu ?

– Tempête de sable, je dirais, rectifia Bree.

– Pas assez de vent pour ça, dit Aravis.

– Oh ! s'écria Hwin. Regardez ! Dedans, il y a des choses qui brillent. Regardez ! Ce sont des casques… et des armures. Et ça se déplace. Ça vient par ici.

– Par Tash ! dit Aravis. C'est l'armée. C'est Rabadash.

– Bien sûr que c'est lui, confirma Hwin. Exactement ce que je craignais. Vite ! Il faut arriver avant lui à Anvard.

Et sans un mot de plus, elle volta sur place et se mit

à galoper vers le nord. Bree étira son cou et se lança à sa suite.

– Allez, Bree, allez, criait Aravis par-dessus son épaule.

Cette course était éreintante pour les chevaux. À peine avaient-ils atteint une crête qu'une autre vallée suivie d'une autre crête apparaissait derrière ; et bien qu'ils soient sûrs d'aller plus ou moins dans la bonne direction, aucun d'eux ne savait à quelle distance se trouvait Anvard. Du sommet de la seconde crête, Shasta regarda de nouveau en arrière. À la place du nuage de poussière se déplaçant dans le désert, il aperçut une masse noire en mouvement, un peu comme des fourmis, sur la rive opposée de la Flèche coudée. Ils cherchaient visiblement un gué.

– Ils sont arrivés à la rivière ! hurla-t-il, affolé.

– Vite ! Vite ! cria Aravis. On pourrait aussi bien ne pas être venus si on n'atteint pas Anvard à temps. Galopez, Bree, galopez. Rappelez-vous que vous êtes un cheval de bataille.

Shasta prenait sur lui pour se retenir de crier le même genre de conseils ; mais il se disait : « Le pauvre vieux fait déjà tout ce qu'il peut », et il tint sa langue. Il est certain que les deux chevaux faisaient, sinon tout ce qu'ils pouvaient, du moins tout ce qu'ils pensaient pouvoir faire ; ce qui n'est pas exactement la même chose. Bree avait rattrapé Hwin et, côte à côte, ils volaient au-dessus de la prairie à un train d'enfer. Selon toute apparence, Hwin ne pourrait pas tenir ce rythme beaucoup plus longtemps.

À cet instant, un bruit venant de derrière eux changea complètement l'état d'esprit de chacun. Ce n'était pas le bruit qu'ils attendaient – celui de sabots, de cliquetis d'armures, éventuellement mêlés à des cris de guerre calormènes. Et pourtant Shasta le reconnut tout de suite. C'était le même rugissement qu'il avait entendu cette nuit de pleine lune où ils avaient rencontré Aravis et Hwin pour la première fois. Bree le reconnut aussi. Ses yeux devinrent incandescents et ses oreilles se couchèrent en arrière, à plat sur son crâne. Bree découvrit alors que, en fait, il n'était pas allé aussi vite – pas tout à fait aussi vite – qu'il le pouvait. Maintenant ils allaient vraiment à tombeau ouvert. En quelques secondes, ils se trouvèrent loin devant Hwin.

« Ce n'est pas juste, se dit Shasta. On aurait vraiment pu croire que nous serions à l'abri des lions, ici ! »

Il jeta un coup d'œil par-dessus son épaule. Tout n'était que trop clair. Derrière eux, il y avait une énorme bête fauve, le corps au ras du sol comme un chat filant vers un arbre quand un chien inconnu entre dans le jardin. Et il se rapprochait à chaque seconde, à chaque demi-seconde.

Il regarda de nouveau devant lui, et vit quelque chose sans comprendre ce que c'était, ni même y prêter attention. Il y avait en travers de leur chemin un mur vert et lisse d'environ trois mètres de haut. Au milieu du mur, une porte, ouverte. Sur le seuil se tenait un homme grand, vêtu, de la tête aux pieds, d'une robe couleur de feuilles d'automne, et s'appuyant sur un bâton droit. Sa barbe lui tombait presque jusqu'aux genoux.

Shasta aperçut tout cela en un clin d'œil et regarda de nouveau derrière lui. Le lion avait presque rejoint Hwin, maintenant. Il mordillait ses jambes postérieures, et on ne lisait plus trace du moindre espoir dans l'expression de la jument mouchetée d'écume et aux yeux dilatés.

– Arrête ! hurla Shasta à l'oreille de Bree. Il faut revenir en arrière. Il faut les aider !

Par la suite, Bree devait toujours dire qu'il n'avait rien entendu, ou rien compris de ce que criait Shasta. Et comme c'était en général un cheval vraiment digne de foi, on était bien obligé de le croire sur parole.

Shasta sortit ses pieds des étriers, fit passer ses deux jambes du côté gauche, hésita pendant un affreux centième de seconde, et sauta. Cela lui fit horriblement mal et faillit l'assommer ; mais avant de savoir si cela

lui avait fait mal, il était déjà en train de se précipiter au secours d'Aravis en trébuchant. Il n'avait jamais rien fait de semblable dans toute sa vie, et ne savait pas vraiment pourquoi, là, il le faisait.

L'un des bruits les plus affreux du monde, le hurlement d'un cheval, s'échappa des lèvres de Hwin. Aravis était couchée sur l'encolure et semblait vouloir dégainer son épée. Et voici que tous les trois – Aravis, Hwin et le lion – se trouvaient presque sur Shasta. Avant qu'ils ne l'atteignent, le lion se dressa sur ses pattes de derrière, à une hauteur incroyable, et, à la volée, frappa Aravis de sa patte droite. Shasta vit distinctement les redoutables griffes. Aravis hurla en se recroquevillant sur sa selle. Le lion lui érafla les épaules. Bien qu'à moitié fou d'horreur, Shasta se jeta sur le fauve. Il n'avait aucune arme, pas même un bâton ou une pierre. Il criait au lion, stupidement, comme on le ferait à un chien :

– Va-t'en ! Va-t'en !

Pendant une fraction de seconde, son regard plongea dans la gueule grande ouverte, rageuse. Puis, à sa grande stupéfaction, le lion, toujours sur ses pattes arrière, s'immobilisa soudain, pivota, retomba sur ses pattes avant et fila à toute vitesse.

Pas un seul instant Shasta ne pensa qu'il était parti pour de bon. Il se retourna et courut vers cette ouverture que, pour la première fois maintenant, il se rappelait avoir aperçue, comme une trouée dans une paroi verte. Hwin, titubante, au bord de l'évanouissement, franchissait déjà la porte. Aravis était encore en selle, mais le dos couvert de sang.

– Entrez, ma fille, entrez, disait l'homme à la longue barbe et à la robe de bure.

Puis, comme Shasta arrivait à sa hauteur en haletant :

– Entrez, mon fils.

Il entendit la porte se fermer derrière lui. Déjà, l'étrange barbu aidait Aravis à descendre de cheval.

Ils étaient dans un vaste enclos parfaitement circulaire, protégé par un haut mur de verdure. Un bassin d'une eau tranquille, si plein que l'eau affleurait presque exactement au niveau du sol, se trouvait devant lui. À une extrémité du bassin, et l'ombrageant complètement de ses branches, s'élevait le plus grand et le plus beau des arbres que Shasta ait jamais vu. Derrière le bassin, il y avait une petite maison basse en pierre avec un toit épais de chaume vieilli. On entendait bêler et là-bas, de l'autre côté de l'enclos, il y avait quelques chèvres. Le sol plat était entièrement couvert d'une herbe magnifique.

– Êtes… êtes… êtes-vous, haleta Shasta, êtes-vous le roi Lune d'Archenland ?

Le vieil homme secoua la tête :

– Non, répondit-il d'une voix tranquille, je suis l'ermite de la marche du Sud. Et maintenant, mon fils, ne perds pas de temps à me questionner, mais obéis-moi. Cette damoiselle est blessée. Vos chevaux sont épuisés. Rabadash trouve en ce moment même un gué pour traverser la Flèche coudée. Si tu cours tout de suite, sans perdre un seul instant, tu peux encore arriver à temps pour prévenir le roi Lune.

Shasta sentit le cœur lui manquer en entendant ces paroles car il avait l'impression de ne plus avoir de forces. Et, en lui-même, il était révulsé par l'injustice et la cruauté apparentes d'une telle exigence. Il ne savait pas encore que si vous faites quelque chose de bien, pour seule récompense on vous demande en général de faire autre chose encore, quelque chose de mieux et de plus difficile. Mais, à voix haute, il se contenta de dire :

– Où est le roi ?

L'ermite se tourna en pointant son bâton.

– Regarde, lui dit-il. Il y a une autre porte, exactement en face de celle par laquelle tu es entré. Ouvre-la et continue tout droit : toujours tout droit, sur terrain plat ou accidenté, par des chemins doux ou rocailleux, que le sol soit sec ou mouillé, toujours tout droit. Je sais par l'effet de ma magie que tu trouveras le roi Lune en allant droit devant toi. Mais cours, cours, cours sans t'arrêter.

Shasta hocha la tête, se précipita vers la porte du Nord et disparut. Alors, l'ermite s'occupa d'Aravis, qu'il avait pendant tout ce temps soutenue de son bras gauche et, la portant à moitié, la conduisit à l'intérieur de la maison. Après un long moment, il en ressortit :

– Maintenant, mes cousins, dit-il aux chevaux, à votre tour.

Sans attendre de réponse – ils étaient, en fait, trop épuisés pour parler –, il leur enleva brides et selles. Puis il les pansa tous les deux, avec un tel soin qu'aucun palefrenier dans aucune écurie royale n'aurait pu mieux faire.

– Là, mes cousins, leur dit-il, chassez tout cela de votre esprit et réconfortez-vous. Il y a de l'eau ici, de l'herbe là. Vous aurez une pâtée chaude quand j'aurai fini de traire mes autres cousines, les chèvres.

– Monsieur, demanda Bree en retrouvant enfin sa langue, est-ce que la tarkheena survivra ? Est-ce que le lion l'a tuée ?

– Moi qui connais beaucoup de choses du présent par l'effet de ma magie, répondit l'ermite avec un sourire, j'ai en revanche bien peu de lumières sur les choses de l'avenir. Je ne sais donc pour aucun homme ou femme ou animal de n'importe où dans le monde s'il sera encore en vie au coucher du soleil. Mais ayez bon espoir. La damoiselle a des chances de vivre aussi longtemps que le permet son âge.

Quand Aravis revint à elle, elle se rendit compte

qu'elle était couchée à plat ventre sur un lit bas d'une douceur extraordinaire, dans une pièce fraîche et nue aux murs de pierre brute. Elle ne comprenait pas pourquoi on l'avait mise à plat ventre ; mais quand elle tenta de se retourner et sentit son dos brûler de cuisantes douleurs, la mémoire lui revint, et elle en comprit la raison. Elle se demandait de quelle merveilleuse matière élastique sa couche était faite, et ne pouvait pas trouver la réponse, car il s'agissait de bruyère (qui donne les couchages les plus agréables) et la bruyère était une chose qu'elle n'avait jamais ni vue ni entendu évoquer.

La porte s'ouvrit et l'ermite entra, portant à la main un grand bol en bois. Après l'avoir posé avec précaution, il vint à son chevet et lui demanda :

– Comment vous sentez-vous, ma fille ?

– Mon dos me fait très mal, mon père, dit Aravis, mais à part ça tout va bien.

Il s'agenouilla à côté d'elle, posa sa main sur son front et lui tâta le pouls.

– Il n'y a pas de fièvre, dit-il. Vous êtes en bonne voie. En fait, rien ne vous empêchera d'être debout dès demain. Mais pour l'instant, buvez ceci.

Il ramassa le bol en bois et le porta aux lèvres d'Aravis. Elle ne put réprimer une grimace quand elle y goûta, car le lait de chèvre surprend un peu quand on n'en a pas l'habitude. Mais elle avait très soif et réussit à tout boire. Après l'avoir fini, elle se sentit mieux.

– Maintenant, ma fille, vous pouvez dormir quand vous voudrez, dit l'ermite. Vos blessures sont lavées et pansées et, bien qu'elles vous brûlent, elles ne sont pas plus sérieuses que si elles étaient dues à des coups de fouet. C'était apparemment un lion bizarre ; au lieu de vous faire tomber de votre selle et de planter ses dents dans votre chair, il n'a fait que balayer votre dos de ses griffes. Dix griffures, douloureuses, mais ni profondes ni dangereuses.

– Dites donc ! s'exclama Aravis. J'ai eu de la chance.

– Ma fille, dit l'ermite, j'ai maintenant vécu cent neuf hivers dans ce monde, et n'ai jamais rencontré quoi que ce soit qui ressemble à de la chance. Il y a quelque chose dans tout cela que je ne comprends pas. Mais si jamais nous avons besoin de le savoir, vous pouvez être sûre que nous le saurons.

– Et qu'en est-il de Rabadash et de ses deux cents cavaliers ? demanda Aravis.

– Je ne pense pas qu'ils passeront par ici, répondit l'ermite. Ils doivent avoir trouvé un gué maintenant, bien à l'est de nous. De là, ils essaieront d'aller tout droit jusqu'à Anvard.

– Pauvre Shasta ! s'exclama Aravis. Est-ce qu'il doit aller loin ? Arrivera-t-il là-bas le premier ?

– Il y a de bonnes chances, dit le vieil homme.

Aravis se recoucha (sur le côté, cette fois), puis elle demanda :

– Est-ce que j'ai dormi longtemps ? On dirait qu'il fait noir.

L'ermite regardait par la seule fenêtre de la pièce, ouverte au nord.

– Ce n'est pas l'obscurité de la nuit, dit-il aussitôt.

Les nuages descendent du pic des Tempêtes. Quand nous avons du mauvais temps, cela vient toujours de là-bas. Il y aura un épais brouillard, cette nuit…

Le lendemain, à part son dos douloureux, Aravis se sentait si bien qu'après le petit déjeuner (porridge et crème), l'ermite lui annonça qu'elle pouvait se lever. Et bien sûr, elle alla tout de suite parler aux chevaux. Le temps avait changé et tout l'enclos verdoyant n'était qu'une grande coupe verte emplie de la lumière du soleil. C'était un endroit très paisible, isolé et tranquille.

Hwin trotta tout de suite jusqu'à Aravis et lui donna un baiser de cheval.

– Mais où donc est Bree ? demanda Aravis après qu'elles se furent mutuellement demandé si elles allaient bien et avaient passé une bonne nuit.

– Là-bas, répondit Hwin en désignant avec son nez le côté opposé du cercle. Et j'aimerais bien que tu ailles lui parler. Il y a quelque chose qui ne va pas, je n'arrive pas à lui arracher un mot.

Elles traversèrent sans se presser et trouvèrent Bree couché, face au mur. Bien qu'il les ait entendues approcher, il ne tourna pas la tête et ne dit pas un mot.

– Bonjour, Bree, lui dit Aravis. Comment allez-vous ce matin ?

Bree murmura quelque chose d'inaudible.

– L'ermite dit que Shasta arrivera probablement à temps auprès du roi Lune, poursuivit Aravis, il semble donc que tous nos problèmes soient réglés. Narnia, enfin Narnia, Bree !

– Je ne verrai jamais Narnia, dit Bree à voix basse.

– Vous n'êtes pas bien, mon cher Bree ? s'enquit Aravis.

Bree finit par se retourner, le visage désolé comme seul celui d'un cheval peut l'être.

– Je vais retourner à Calormen, dit-il.

– Quoi ! s'exclama Aravis. Retourner en esclavage ?

– Oui, dit Bree. L'esclavage, c'est tout ce à quoi je suis bon. Comment pourrais-je jamais me montrer parmi les libres chevaux de Narnia ?… Moi qui ai laissé une jument, une jeune fille et un petit garçon se faire dévorer par les lions pendant que je galopais autant que je pouvais pour sauver ma misérable peau !

– Nous avons tous couru aussi vite que nous pouvions, précisa Hwin.

– Pas Shasta, renifla Bree. Ou plutôt, il a couru dans la bonne direction, il a couru pour revenir sur ses pas. Et c'est ce qui me fait honte plus que tout. Moi, qui me targuais d'être un cheval de bataille et me vantais de cent combats, être surpassé par un petit garçon, un enfant, un simple poulain, qui n'a jamais tenu une épée et n'a reçu de toute sa vie ni bonne éducation ni exemple à suivre !

– Je sais, dit Aravis. J'ai ressenti exactement la même chose. Shasta a été extraordinaire. Je me sens tout aussi mal que vous, Bree. Depuis que vous nous avez rencontrées, je n'ai cessé de le regarder de haut et maintenant, il se révèle le meilleur d'entre nous. Mais je pense préférable de rester pour lui faire des excuses, plutôt que de retourner à Calormen.

– Tout ça est parfait pour vous, dit Bree. Vous ne vous êtes pas déshonorée. Moi, j'ai tout perdu.

– Mon brave cheval, intervint l'ermite qui s'était approché sans qu'ils s'en rendent compte car ses pieds nus ne faisaient aucun bruit sur cette herbe douce, humide de rosée. Mon brave cheval, tu n'as rien perdu, à part ta vanité. Non, non, cousin. Ne mets pas tes oreilles en arrière et n'agite pas ta crinière devant moi. Si tu es vraiment aussi humilié que tu en as eu l'air il y a une minute, tu dois apprendre à écouter la voix du bon sens. Tu n'es pas exactement le fantastique cheval que tu en étais venu à imaginer à force de vivre au milieu de pauvres chevaux muets. Bien sûr, tu étais plus brave et plus intelligent qu'eux. Tu aurais eu du mal à ne pas l'être. Cela ne veut pas dire que tu seras quelqu'un de très important à Narnia. Mais tant que tu seras conscient de ne pas être quelqu'un de très important, tu seras à tout prendre un cheval d'un genre très convenable. Et maintenant, si toi et mon autre cousin à quatre sabots voulez bien venir jusqu'à la porte de la cuisine, nous nous occuperons de cette pâtée.

Chapitre 11

Le compagnon de voyage indésirable

Quand Shasta passa la porte, il se trouva face à une côte, couverte d'herbe et d'un peu de bruyère, avec des arbres en haut. Il n'avait plus besoin de réfléchir maintenant, ni de faire des plans : il lui fallait seulement courir, c'était tout. Ses membres tremblaient, il sentait venir un terrible point de côté, la sueur qui coulait dans ses yeux l'aveuglait. En plus, il ne tenait pas bien sur ses jambes et, plus d'une fois, il faillit se tordre la cheville sur une pierre. Plus loin, les arbres devinrent plus denses et, dans les endroits dégagés, il y avait des fougères. Le soleil s'était caché sans qu'il fasse plus frais pour autant. C'était un de ces jours chauds et gris où l'on a l'impression qu'il y a deux fois plus de mouches que d'habitude. Le visage de Shasta en était couvert. Il n'essayait même pas de s'en débarrasser, il avait trop à faire par ailleurs.

Soudain, il entendit une trompe – pas la formidable vibration des trompes de Tashbaan, mais un joyeux appel, ti-ro-to-to-ho ! L'instant d'après, il débouchait dans une vaste clairière et se trouvait entouré d'une foule de gens. Ou plutôt, il eut l'impression que c'était une foule. En réalité, il y avait là quinze à vingt personnes, rien que des gentilshommes en tenue de chasse de couleur verte, certains en selle et d'autres debout à la tête de leurs chevaux. Au milieu, quelqu'un tenait un étrier pour permettre à un homme de monter. Cet homme dont on tenait l'étrier était le roi le plus jovial et le plus gros que vous puissiez imaginer, avec des joues comme des pommes et des yeux pétillants.

Dès que Shasta apparut, ce roi-là oublia complètement de monter sur son cheval. Il tendit les bras vers Shasta, son visage s'éclaira, et d'une voix d'une telle profondeur qu'elle semblait venir du fond de sa poitrine, il cria :

– Corin, mon fils ! Et à pied ! En haillons ! Qu'est-ce que…

– Non, haleta Shasta en secouant la tête. Pas le prince Corin. Je… je… je sais que je lui ressemble… Vu Son Altesse à Tashbaan… vous envoie ses salutations.

Le roi fixait Shasta et son visage avait pris une expression extraordinaire.

– Êtes-vous le roi Lune ? s'étrangla Shasta.

Puis, sans attendre la réponse :

– Seigneur Roi… volez… à Anvard… fermez les portes… des ennemis arrivent… Rabadash et deux cents chevaux.

– Êtes-vous bien sûr de ce que vous dites, mon garçon ? demanda un des gentilshommes.

– De mes propres yeux, dit Shasta, je les ai vus. J'ai fait la course avec eux sans arrêt depuis Tashbaan…

– À pied ? s'enquit le gentilhomme en levant à peine les sourcils.

– Les chevaux… avec l'ermite, dit Shasta.

– Ne le questionnez plus, Darrin, intervint le roi Lune. Je vois un air de vérité sur son visage. Il nous faut y courir, messieurs. Un des chevaux de réserve ici, pour ce garçon. Tu peux chevaucher vite, l'ami ?

Pour toute réponse, Shasta mit son pied à l'étrier du cheval qu'on venait de lui amener, et une fraction de seconde plus tard, il était en selle. Il avait fait cela cent fois avec Bree ces dernières semaines, et sa façon de monter était très différente maintenant de ce qu'elle avait été cette première nuit où Bree lui avait dit qu'il avait l'air d'escalader une meule de foin.

Cela lui fit plaisir d'entendre le seigneur Darrin dire au roi :

– Ce garçon a l'assiette d'un vrai cavalier, Sire. Je jurerais qu'il y a en lui du sang noble.

– Son sang, oui, bien… C'est toute la question, répondit le roi.

Et de nouveau, il dévisagea ardemment Shasta avec, dans le regard fixe de ses yeux gris, cette étrange expression, presque avide.

Maintenant, toute la troupe partait au grand galop. Shasta avait une excellente assiette, mais malheureusement il ne savait pas quoi faire des rênes, car il n'y avait jamais touché quand il était sur le dos de Bree. Mais il regardait très attentivement du coin de l'œil ce que faisaient les autres (tout comme l'ont fait certains d'entre nous à des dîners en se demandant de quel couteau ou fourchette il faut se servir) et il essayait de bien placer ses doigts. Mais il n'osa pas même essayer de diriger vraiment son cheval, et lui fit confiance pour suivre les autres. C'était, bien sûr, un cheval ordinaire, pas un cheval parlant ; mais bien assez malin pour comprendre que ce garçon bizarre juché sur son dos n'avait ni cravache, ni éperons et qu'en réalité il ne contrôlait pas la situation. C'est ainsi que Shasta se retrouva bon dernier du cortège.

Même comme cela, il allait à une bonne allure. Il n'y avait plus de mouches, et l'air était délicieux sur son visage. En plus, il avait retrouvé son souffle. Son évasion avait réussi. Pour la première fois depuis son entrée à Tashbaan (comme cela lui semblait loin !) il commençait à s'amuser.

Il leva les yeux pour voir de combien les sommets des montagnes s'étaient rapprochés. À son grand désappointement, il ne les vit pas du tout : rien qu'une vague grisaille déboulant vers eux. N'ayant jamais vu la montagne auparavant, il en fut surpris.

« Je vois. C'est un nuage, se dit-il, un nuage qui descend. Ici, en haut des collines, on est en fait dans le ciel. Je vais savoir à quoi ressemble l'intérieur d'un nuage. Comme c'est amusant ! Je me le suis si souvent demandé ! »

Loin sur sa gauche et un peu en arrière de lui, le soleil s'apprêtait à se coucher.

Ils étaient arrivés sur une sorte de route grossière

maintenant, et allaient à très vive allure. Mais le cheval de Shasta était encore le dernier du lot. Une fois ou deux, dans une courbe de la route (il y avait une forêt ininterrompue de part et d'autre), il perdit les autres de vue une seconde ou deux.

Puis ils plongèrent dans le brouillard, ou ce fut le brouillard qui vint les envelopper. Le monde devint entièrement gris. Shasta n'avait pas imaginé combien l'intérieur d'un nuage pouvait être humide, froid et obscur. Le gris vira au noir à une vitesse inquiétante.

Quelqu'un à la tête de la colonne sonnait de la trompe de temps à autre, et chaque fois le son venait d'un peu plus loin. Il ne voyait plus aucun des autres, désormais. Il les apercevrait sans doute dès qu'il aurait passé le prochain virage. Mais, après celui-ci, il ne les voyait toujours pas. En fait, il ne voyait plus rien du tout. Son cheval avançait au pas, maintenant.

– Vas-y, cheval, vas-y, lui disait Shasta.

Le son de la trompe lui parvint, très faible. Bree lui avait toujours dit de garder ses talons bien tournés vers l'extérieur, et Shasta s'était mis dans l'idée que quelque chose de terrible se produirait s'il enfonçait ses talons dans les flancs d'un cheval. L'occasion lui sembla venue d'essayer.

– Écoute bien, cheval, dit-il, si tu ne te presses pas, tu sais ce que je vais faire ? Je vais t'enfoncer mes talons dans le corps. Je vais vraiment le faire.

Le cheval, pourtant, ne sembla avoir cure de la menace. Alors Shasta s'installa solidement sur sa selle, s'accrocha avec les genoux, serra les dents, et donna un coup sur les deux flancs du cheval avec ses talons, aussi fort qu'il le put.

Le seul résultat fut que le cheval se lança dans une sorte de simulacre de trot pendant cinq ou six foulées avant de revenir au pas. Maintenant il faisait complètement noir et il semblait qu'on avait cessé de souffler dans cette trompe. Le seul bruit était celui de l'eau dégoulinant, goutte après goutte, des branches d'arbres.

« Eh bien, je suppose que, même au pas, nous finirons bien par arriver quelque part, se dit Shasta. J'espère seulement ne pas tomber sur Rabadash et ses gens. »

Il continua pendant un temps qui lui sembla interminable, toujours au pas. Il commençait à détester ce cheval et à avoir très faim.

Il arrivait maintenant à un endroit où la route se divisait en deux. Il se demandait laquelle conduisait à Anvard quand, venant de derrière lui, un bruit le fit sursauter : le bruit de chevaux au trot. « Rabadash ! » pensa-t-il. Il n'avait aucun moyen de savoir quelle route allait prendre Rabadash. « Mais si j'en prends une, se dit Shasta, il est possible qu'il prenne l'autre. Tandis que si je reste à l'embranchement, je suis sûr d'être pris. » Il sauta à terre, et tira son cheval aussi vite que possible sur la route de droite.

Le bruit de la cavalerie se rapprochait rapidement et au bout d'une minute ou deux Shasta se rendit compte qu'elle était à l'embranchement. Il retint sa respiration, anxieux de savoir quelle route les cavaliers allaient prendre.

Il entendit alors une voix grave donner un ordre :

– Halte !

Puis, pendant un petit moment, des bruits de chevaux – souffle des naseaux, claquements de sabots, mors rongés, encolures que l'on tapotait. Enfin, la voix s'éleva de nouveau :

– Écoutez bien, vous tous, disait la voix. Nous sommes maintenant à deux cents mètres du château. Rappelez-vous les ordres. Une fois que nous serons à Narnia, sans doute avant le coucher du soleil, vous tuerez le moins possible. Dans cette expédition, vous devrez considérer chaque goutte de sang narnien comme plus précieux que tout celui que vous avez dans le corps. Je dis bien dans cette expédition. Les dieux nous donneront une plus heureuse occasion où vous devrez ne rien laisser en vie, de Cair Paravel jusqu'aux friches de l'Ouest. Ce n'est pas pour cette fois. Mais nous ne sommes pas encore à Narnia. Ici, en Archenland, c'est autre chose. Dans cet assaut du château du roi Lune, tout ce qui compte, c'est la vitesse. Montrez votre fougue. Le château doit être à moi dans une heure. Si tel est le cas, je vous le donnerai tout entier. Je ne me réserve aucun butin. Tuez-moi tout mâle barbare présent dans ces murs, jusqu'à l'enfant né d'hier, et tout le reste sera vôtre, vous vous le répartirez comme bon vous semblera – les femmes, l'or, les bijoux, les armes et le vin. Celui que je verrai traîner derrière, quand nous arriverons aux portes, sera brûlé vif. Au nom de Tash, l'irrésistible, l'inexorable… En avant !

Avec un grand clopata-clop, la colonne s'ébranla, et Shasta respira de nouveau. Ils avaient pris l'autre route.

Shasta trouva qu'ils mettaient beaucoup de temps à passer, car, bien que toute la journée il n'ait cessé de dire et de penser « deux cents chevaux », il n'avait pas perçu combien cela faisait en réalité. Mais le bruit finit par s'estomper dans le lointain et, de nouveau, il se retrouva seul au milieu du goutte-à-goutte des arbres.

Maintenant, il connaissait le chemin d'Anvard, mais évidemment il ne pouvait pas s'y rendre pour l'instant : cela reviendrait à aller se jeter dans les bras des mercenaires de Rabadash. « Qu'est-ce que je peux faire ? » se demanda-t-il. Après être remonté à cheval, il continua sur la route qu'il avait choisie, dans le faible espoir de trouver une chaumière où demander asile et nourriture. Il avait envisagé, bien sûr, de retourner à l'ermitage pour y retrouver Aravis, Bree et Hwin, mais c'était impossible, car désormais il n'avait pas la moindre idée de la direction à prendre.

« Après tout, se dit-il, cette route doit bien mener quelque part. »

Tout dépend de ce que veut dire « quelque part ». La route continuait bien à mener quelque part, c'est-à-dire vers de plus en plus d'arbres, tout sombres et dégoulinants, et vers un air de plus en plus froid. Et, chose étrange, des vents glacés chassaient continuellement le brouillard autour de lui sans jamais le dissiper. S'il avait été habitué aux paysages de montagne, il aurait compris que cela voulait dire qu'il était parvenu très haut... peut-être jusqu'au sommet de la passe. Mais Shasta ne connaissait rien aux montagnes.

« Je crois vraiment, se dit Shasta, que je suis sans aucun doute le garçon le plus malchanceux qui ait jamais vécu sur terre. Tout va bien pour tout le monde, sauf pour moi. Ces dames et ces seigneurs narniens ont quitté Tashbaan sains et saufs ; je suis resté en arrière. Aravis, Bree et Hwin sont douillettement installés avec ce vieil ermite : bien sûr, c'est moi qu'on a envoyé en expédition. Le roi Lune et les siens doivent avoir atteint le château sains et saufs et s'y être barricadés longtemps avant l'arrivée de Rabadash, mais j'ai été laissé dehors. »

Et, comme il était très fatigué et n'avait rien dans le ventre, il s'apitoya tellement sur lui-même que des larmes roulèrent sur ses joues.

Ce qui mit un terme à tout cela, ce fut le choc d'une frayeur soudaine. Shasta découvrit que quelqu'un, ou quelque chose, marchait à ses côtés. Il faisait noir comme dans un four. Shasta ne voyait rien. Et la chose (ou la personne) marchait si doucement qu'il ne pouvait entendre ses pas. Ce qu'il entendait, c'était une respiration. Apparemment, son compagnon invisible avait un souffle très ample, et Shasta sentait que c'était une créature imposante. Il en était venu si progressivement à remarquer cette respiration qu'il ne pouvait savoir depuis combien de temps cela durait. Ce fut un horrible choc.

Longtemps auparavant, il avait entendu dire qu'il y avait des géants dans ces contrées du Nord et cela lui traversa l'esprit. De terreur, il se mordit la lèvre. Mais maintenant qu'il avait vraiment une raison de pleurer, il ne pleurait plus.

La chose (à moins que ce ne soit une personne) continuait à avancer à côté de lui, en faisant si peu de bruit que Shasta se mit à espérer qu'il avait imaginé tout cela. Mais, juste au moment où il s'en persuadait tout à fait, à côté de lui, dans l'obscurité, il entendit soudain un profond et puissant soupir. Cela ne pouvait être son imagination ! D'ailleurs, il avait senti l'haleine chaude de ce soupir sur sa main gauche frigorifiée.

Si le cheval avait été bon à quelque chose – ou si lui-même avait su tirer quelque chose de bon de ce cheval – il aurait tout misé sur une fuite éperdue au grand galop. Mais il savait qu'il ne pouvait faire galoper sa monture. Alors, il continua au pas et son invisible compagnon marchait et respirait à côté de lui. Finalement, il ne put supporter cela plus longtemps.

– Qui êtes-vous ? demanda-t-il d'une voix à peine plus audible qu'un chuchotement.

– Quelqu'un qui attend depuis longtemps que tu lui parles, dit la chose.

La voix n'était pas forte, mais ample et profonde.

– Êtes-vous… êtes-vous un géant ? demanda Shasta.

– Tu peux dire que je suis un géant, dit la grosse voix. Mais je ne suis pas comme les créatures que tu appelles des géants.

– Je ne peux pas vous voir du tout, avoua Shasta après avoir regardé intensément.

Puis il demanda (car une idée encore plus terrible lui était venue), en criant presque :

– Vous n'êtes pas… pas quelque chose de mort, non ? Oh ! s'il vous plaît… s'il vous plaît, allez-vous-en. Quel mal est-ce que je vous ai fait ? Oh ! je suis la personne la plus malheureuse du monde !

De nouveau, il sentit l'haleine chaude de la chose sur sa main et sur son visage.

– Là, dit la chose, ce n'est pas le souffle d'un fantôme. Dis-moi pourquoi tu es malheureux.

Shasta fut un peu rassuré par le souffle. Alors, il raconta comment, sans jamais connaître son vrai père ni sa mère, il avait été élevé à la dure par le pêcheur. Puis il raconta l'histoire de son évasion et comment ils avaient été poursuivis par des lions et forcés de se jeter à l'eau pour sauver leurs vies. Il parla de tous les périls qu'ils avaient courus à Tashbaan et de sa nuit parmi les tombeaux quand les bêtes venues du désert hurlaient contre lui. Il décrivit la chaleur et la soif de leur voyage dans le désert et comment, alors qu'ils étaient sur le point d'atteindre leur but, un autre lion les avait pris en chasse et avait blessé Aravis. Et aussi, là, maintenant, tout le temps qui s'était écoulé depuis qu'il n'avait pris aucune nourriture.

– Je ne te trouve pas malchanceux, dit la grosse voix.

– Vous ne pensez pas que c'était de la malchance de rencontrer tant de lions ?

– Il n'y avait qu'un seul lion, dit la Voix.

– Qu'est-ce que vous me chantez là ? Je viens de

vous dire qu'il y en avait au moins deux la première nuit et…

– Il n'y en avait qu'un ; mais il était rapide.

– Comment le savez-vous ?

– J'étais le Lion.

Et comme Shasta en restait bouche bée, la Voix continua :

– J'étais le Lion qui t'a forcé à rejoindre Aravis. J'étais le chat qui t'a rassuré au milieu des maisons des morts. J'étais le Lion qui a éloigné de toi les chacals pendant que tu dormais. J'étais le Lion qui a donné aux chevaux effrayés l'énergie du désespoir pour le dernier kilomètre afin que vous puissiez arriver à temps auprès du roi Lune. Et j'étais le Lion dont tu ne te souviens pas et qui a poussé le bateau dans lequel tu étais couché, enfant à demi mort, pour qu'il s'échoue sur le rivage où un homme était assis, éveillé à minuit, pour t'accueillir.

– Alors, c'est vous qui avez blessé Aravis ?

– C'était moi.

– Mais pour quoi faire ?

– Enfant, dit la Voix, je suis en train de te raconter ton histoire, pas la sienne. À personne je ne raconte une histoire autre que la sienne.

– Qui êtes-vous ? demanda Shasta.

– Moi-même, dit la Voix profonde et si grave que la terre trembla.

Puis encore :

– Moi-même, d'une voix forte, claire et gaie.

Puis une troisième fois :

– Moi-même, chuchoté si doucement qu'on pouvait à peine l'entendre, et pourtant cela avait l'air de venir de partout autour de vous comme si les feuilles des arbres en étaient agitées.

Shasta n'avait plus peur que la Voix soit celle de quelque chose qui pourrait le manger, ou d'un fantôme. Mais une sorte de tremblement nouveau et différent le gagna tout entier. Et pourtant, en même temps, il se sentait bien.

La brume passa du noir au gris, puis du gris au blanc. Cela avait dû commencer à se produire depuis un moment, mais tant qu'il s'était entretenu avec la chose, il n'avait prêté attention à rien d'autre. Maintenant, la blancheur autour de lui devenait éblouissante ; ses yeux se mirent à cligner. Quelque part devant lui, des oiseaux chantaient. Il comprit que la nuit, enfin, était finie. Il discernait maintenant sans aucun effort la crinière, les oreilles et la tête de son cheval. Une lumière dorée tombait sur eux, venant de la gauche. Il se dit que c'était le soleil.

Il se tourna et vit, cheminant à côté d'eux et plus grand que son cheval, un lion. Peut-être parce qu'il ne le voyait pas, le cheval n'avait pas l'air effrayé. C'était du lion qu'émanait cette lumière. Personne, jamais, n'a rien vu d'aussi impressionnant ni d'aussi magnifique.

Par bonheur, Shasta avait vécu toute sa vie trop loin dans le sud de Calormen pour avoir entendu les contes chuchotés à Tashbaan à propos d'un redoutable démon narnien qui apparaissait sous la forme d'un lion. Et bien sûr, il ne connaissait aucune des histoires vraies concernant Aslan, le grand Lion, le fils de l'empereur-d'au-delà-des-mers, le roi au-dessus de tous les rois suprêmes de Narnia. Mais après avoir entrevu en un clin d'œil le visage du Lion, il se laissa glisser de la selle et tomba à ses pieds. Il ne trouvait rien à dire mais, à cet instant, il voulait surtout ne rien dire, et il savait aussi qu'il n'avait nul besoin de parler.

Le roi au-dessus de tous les rois suprêmes se pencha vers lui. Shasta se trouva entouré par sa crinière, et baigné du parfum étrange et solennel qui s'en dégageait. De sa langue, le Lion effleura le front de Shasta. Il releva la tête et leurs yeux se rencontrèrent. À l'instant même, la pâle luminosité de la brume et l'éclat incandescent du Lion s'enroulèrent ensemble dans un tourbillon glorieux et, inextricablement emmêlés, ils disparurent. Shasta était seul avec son cheval sur le flanc herbeux d'une colline, sous le ciel bleu. Et des oiseaux chantaient.

Chapitre 12

Shasta à Narnia

« Cela n'était-il qu'un rêve ? » se demanda Shasta. Mais non, ce n'était pas un rêve car là, devant lui, dans l'herbe, il voyait la profonde et large empreinte laissée par la patte avant droite du Lion. Cela coupait le souffle de penser au poids qu'il fallait pour faire une telle empreinte. Mais sa taille n'était pas ce qu'elle avait de plus notable. Tandis qu'il la regardait, de l'eau en avait déjà rempli le fond. Elle fut vite pleine à ras bords, puis l'eau déborda et un petit courant se forma vers le bas de la colline, à côté de lui dans l'herbe.

Shasta se pencha pour y boire, puis s'y mouilla le visage et s'aspergea la tête. Cette eau était extrêmement froide, claire comme du cristal, et le rafraîchit. Puis il se releva, se sécha les oreilles, renvoya en arrière de son front ses cheveux trempés, et promena son regard sur les environs.

À première vue, il était encore très tôt le matin. Le soleil venait seulement de se lever, au ras de forêts que Shasta voyait en bas et qui s'étendaient très loin sur sa droite. Le pays qu'il contemplait était tout nouveau pour lui. C'était une verte vallée parsemée d'arbres à travers lesquels il entrevit le reflet d'une rivière qui coulait approximativement vers le nord-ouest. De l'autre côté de la vallée, il y avait de hautes collines, parfois rocheuses, mais plus basses que les montagnes qu'il avait vues la veille. Alors, il commença à deviner où il était. Il se retourna, regarda derrière lui et vit que la pente sur laquelle il se trouvait appartenait à un massif de montagnes beaucoup plus élevées.

« Je vois, se dit Shasta. Ce sont là les grandes montagnes qui séparent Archenland de Narnia. Hier, j'étais de l'autre côté. J'ai dû franchir le col dans la nuit. Quelle chance que je ne l'aie pas manqué !... En fait, ce n'était pas du tout de la chance, c'était Lui. Et maintenant, me voilà à Narnia. »

Il se retourna, dessella son cheval et lui enleva sa bride...

– Bien que tu sois un cheval absolument épouvantable, lui dit-il.

Le cheval ne releva pas cette remarque et se mit immédiatement à brouter l'herbe. Ce cheval-là avait une piètre opinion de Shasta.

« J'aimerais bien pouvoir manger de l'herbe ! se dit le jeune garçon. Ça ne servirait à rien de retourner à Anvard, qui doit être complètement assiégé. Je ferais mieux de descendre dans la vallée pour voir si je peux trouver quelque chose à manger. »

Alors, il descendit la colline (la rosée abondante était atrocement froide pour ses pieds nus) jusqu'à ce qu'il arrive dans un bois. Une sorte de piste y était tracée, et il ne l'avait pas suivie plus de quelques minutes qu'il entendit une voix pâteuse et un peu asthmatique lui dire :

– Bonjour, voisin.

Shasta regarda attentivement autour de lui afin de découvrir qui lui parlait, et vit à ce moment un petit personnage tout épineux, à la face noire, qui venait juste de sortir d'entre les arbres. En fait, il était petit comme personnage, mais vraiment très grand pour un hérisson, et pourtant c'est ce qu'il était.

– Bonjour, répondit Shasta. Mais je ne suis pas un voisin. En fait, je ne suis pas d'ici.

– Ah bon ? dit le hérisson d'un ton interrogateur.

– Je suis venu en passant les montagnes… d'Archenland, vous voyez ?

– Ah ! Archenland, dit le hérisson. C'est un voyage terriblement long. Je n'y suis jamais allé, quant à moi.

– Et je crois que, peut-être, ajouta Shasta, quelqu'un devrait être prévenu qu'une armée de sauvages Calormènes est en train d'attaquer Anvard en ce moment même.

– Ne me dites pas ça ! répondit le hérisson. Écoutez, réfléchissez un peu. Tout le monde dit que Calormen est à des centaines et des milliers de kilomètres, tout au bout de la terre, au-delà d'un grand océan de sable.

– Ce n'est pas du tout aussi loin que vous croyez, dit Shasta. Est-ce qu'il ne faudrait pas faire quelque chose à propos de cette attaque sur Anvard ? Est-ce qu'il ne faudrait pas prévenir votre roi suprême ?

– Aucun doute là-dessus, il faudrait faire quelque chose, conclut le hérisson. Mais, vous voyez, là, je suis en route vers mon lit pour une bonne journée de sommeil. Tiens, salut, voisin !

Ses derniers mots étaient adressés à un immense lapin couleur de biscuit, dont la tête avait jailli de quelque part sur le côté du chemin. Le hérisson s'empressa de raconter au lapin ce que Shasta venait de lui apprendre. Le lapin fut d'accord pour dire que c'étaient là des nouvelles sensationnelles et qu'il faudrait que l'on en parle à quelqu'un en vue de faire quelque chose.

Et cela continua ainsi. À chaque minute, ils étaient rejoints par d'autres créatures, certaines dans les branches au-dessus de leurs têtes, d'autres émergeant de petites maisons souterraines à leurs pieds, jusqu'à ce que le rassemblement comprenne cinq lapins, deux pies, un écureuil, un faune à pieds de bouc et une souris, qui parlaient tous en même temps, et tous étaient du même avis que le hérisson. Car, à la vérité, dans cet Âge d'Or de Narnia, quand avaient disparu la sorcière et l'hiver et que Peter, le roi suprême, régnait à Cair Paravel, le petit peuple des bois vivait si heureux et tellement en sécurité qu'il en devenait un peu négligent.

À cet instant, pourtant, deux personnes plus réalistes arrivèrent dans le petit bois. L'un était un nain rouge dont le nom se révéla être Duffle. L'autre était un cerf, une magnifique créature seigneuriale avec de grands yeux limpides, des flancs tachetés et des jambes si fines et gracieuses qu'on avait l'impression de pouvoir les briser avec deux doigts.

– Par le Lion vivant ! rugit le nain dès qu'il eut entendu les nouvelles. Si c'est comme ça, pourquoi est-ce qu'on reste tous là à bavarder tranquillement ? Des ennemis à Anvard ! Il faut faire parvenir ces nouvelles à Cair Paravel sans tarder. L'armée doit être mobilisée. Narnia doit aller au secours du roi Lune.

– Ah ? dit le hérisson. Mais vous ne trouverez pas le roi suprême à Cair. Il est parti dans le Nord donner une correction à ces géants. Et, à propos de géants, voisins, cela me rappelle…

– Qui va se charger de notre message ? l'interrompit le nain. Quelqu'un d'ici plus rapide que moi ?

– Je vais vite, dit le cerf. Quel est le message ? Combien de Calormènes ?

– Deux cents. Sous les ordres du prince Rabadash. Et…

Mais le cerf était déjà parti… Ses quatre jambes avaient quitté le sol d'un seul coup et, en un instant, sa croupe blanche avait disparu au milieu des arbres les plus éloignés.

– Je me demande bien où il va, dit un lapin. Il ne trouvera pas le roi suprême à Cair Paravel, vous savez.

– Il trouvera la reine Lucy, dit Duffle. Et alors… Eh, là ! Qu'est-ce qui arrive au petit humain ? Il est tout vert. Eh bien, j'ai l'impression qu'il s'évanouit tout à fait. Peut-être qu'il est mort de faim ? Quand avez-vous pris votre dernier repas, jeune homme ?

– Hier matin, dit Shasta d'une voix faible.

– Venez par ici, alors, venez, dit le nain qui, d'un élan, jeta ses petits bras épais autour de la taille de Shasta pour le soutenir. Eh bien, voisins, nous devrions tous avoir honte de nous ! Tu viens avec moi, fiston. Petit-déjeuner, ça vaut mieux que de parler !

Avec tout un remue-ménage, en se murmurant des reproches à lui-même, le nain, mi-conduisant et mi-portant Shasta, s'enfonça à toute vitesse dans les bois jusqu'au bas d'une petite colline. C'était une marche plus longue que Shasta ne l'aurait souhaité sur le moment et il commença à sentir ses jambes très flageolantes avant que, sortant d'entre les arbres, ils n'aient débouché sur le flanc dégagé de la colline. Ils trouvèrent là une petite maison avec une cheminée fumante et la porte ouverte, et quand ils arrivèrent sur le seuil, Duffle appela :

– Hé ! les frères ! Un visiteur pour le petit déjeuner !

Immédiatement, en même temps qu'un bruit de friture, parvint à Shasta une odeur simplement délicieuse. Une odeur qu'il n'avait jamais sentie de sa vie, mais j'espère que vous, si. C'était, en fait, le fumet d'œufs au lard avec des champignons, frits ensemble dans une poêle.

– Attention à ta tête, fiston, prévint Duffle trop tard, car Shasta venait de se cogner le front contre le linteau assez bas de la porte.

– Maintenant, reprit le nain, assieds-toi. La table est un peu basse pour toi, mais dans ce cas le tabouret l'est aussi. C'est ça. Voilà du porridge et un pot de crème… et voici une cuillère.

Avant que Shasta eût fini son porridge, les deux frères du nain (qui s'appelaient Rogin et Bricklethumb) disposaient déjà sur la table le plat d'œufs au lard et aux champignons, la cafetière, le lait chaud et le pain grillé.

Tout cela était nouveau et merveilleux pour Shasta, car la nourriture de Calormen est très différente. Il ne savait même pas ce qu'étaient ces tranches de truc brun, car il n'avait jamais vu de pain grillé auparavant. Il ne savait pas ce qu'était la chose jaune et moelleuse qu'ils étendaient sur le pain grillé, car, à Calormen, on vous donne presque toujours de l'huile à la place du beurre. Et la maison elle-même était complètement différente aussi bien de la sombre hutte d'Arsheesh, sentant le poisson et le renfermé, que des halls à tapis et colonnades des palais de Tashbaan. Le toit était très bas, tout était en bois, il y avait un coucou, une nappe à carreaux rouges et blancs, un vase de fleurs sauvages et de petits rideaux aux fenêtres.

Cela faisait aussi un drôle d'effet de devoir se servir de tasses, d'assiettes, de couteaux et de fourchettes faits pour des nains. Les portions étaient forcément minuscules, mais il faut dire qu'il y avait beaucoup de portions, si bien que la tasse ou l'assiette de Shasta se remplissaient sans arrêt, et que les nains eux-mêmes étaient sans arrêt en train de dire : « du beurre, s'il te plaît » ou « encore une tasse de café » ou « j'aurais voulu un peu plus de champignons » ou « et si on faisait frire un ou deux œufs de plus ? » Et quand, finalement, ils eurent tous mangé à satiété, les trois nains tirèrent au sort pour savoir qui ferait la vaisselle, et ce fut Rogin qui n'eut pas de chance. Alors, Duffle et Bricklethumb emmenèrent Shasta s'asseoir dehors sur un banc installé le long du mur de la chaumière, ils étendirent tous leurs jambes avec un grand soupir de satisfaction, et les deux nains allumèrent leurs pipes. Il n'y avait plus de rosée sur l'herbe, maintenant, et le soleil était chaud ; en fait, si une légère brise n'avait pas soufflé, il aurait même fait trop chaud.

– Maintenant, étranger, dit Duffle, je vais te montrer la configuration du pays. D'ici, tu peux voir presque tout le sud de Narnia, et nous sommes assez fiers de cette vue. Tout droit sur ta gauche, au-delà de cette première ligne de collines, tu peux juste voir les montagnes de l'Ouest. Et cette colline ronde là-bas sur ta droite, on l'appelle la colline de la Table de Pierre. Juste derrière…

Mais à cet instant, il fut interrompu par le ronflement de Shasta qui, du fait de son voyage de la nuit et de son copieux petit déjeuner, s'était profondément endormi. Les excellents nains, dès qu'ils s'en aperçurent, se mirent à échanger des signes pour ne pas le réveiller, et firent en fait tant de messes basses et de hochements de tête en se levant pour s'éloigner sur la pointe des pieds qu'ils l'auraient certainement réveillé s'il avait été moins fatigué.

Il dormit presque toute la journée, mais se réveilla à temps pour le souper. Les lits de la maison étaient tous trop petits pour lui, alors ils lui firent un beau lit de bruyère sur le sol, et il ne s'agita ni ne rêva de toute la nuit. Le matin suivant, ils venaient tous de finir leur petit déjeuner quand ils entendirent un son strident, entraînant, qui venait de l'extérieur.

– Des trompettes ! dirent les nains tous ensemble, en se ruant dehors avec Shasta.

Les trompettes sonnèrent encore : un son nouveau pour Shasta, non pas lourd et solennel comme les trompes de Tashbaan, ni gai et joyeux comme la trompe de chasse du roi Lune, mais clair, aigu et vaillant. Le bruit venait des bois à l'est, et bientôt s'y mêla celui de sabots de chevaux. Un instant plus tard, la tête de la colonne était en vue.

D'abord venait le seigneur Peridan sur un cheval bai, portant la grande bannière de Narnia – un lion écarlate sur fond vert. Shasta le reconnut tout de suite. Puis venaient trois personnes chevauchant de front, deux sur de grands destriers et une sur un poney. Les

deux montées sur des destriers étaient le roi Edmund et une dame aux cheveux blonds et au visage très rieur, portant un casque et une cotte de mailles, ainsi qu'un arc en bandoulière et, à la ceinture, un carquois plein de flèches (« la reine Lucy », chuchota Duffle). Et, à poney, c'était Corin. Derrière venait le gros de l'armée : des hommes sur des chevaux ordinaires, d'autres sur des chevaux parlants (qui ne se formalisaient pas d'être montés dans des circonstances particulières, comme quand Narnia partait en guerre), des centaures, des ours farouches, durs à cuire, de grands chiens parlants et, en tout derniers, six géants. Car il y a de bons géants à Narnia. Mais bien qu'il sache qu'ils étaient du bon côté, au début Shasta pouvait à peine supporter de les regarder ; il y a des choses auxquelles on a du mal à s'habituer. Juste à l'instant où le roi et la reine atteignaient la chaumière et où les nains se mettaient à leur faire de profondes révérences, le roi Edmund cria :

– Bon, les amis ! C'est le moment de faire une halte et de manger un morceau.

Et tout de suite, ce fut un grand brouhaha de gens descendant de cheval, de sacs à dos qu'on ouvrait et de conversations qui commençaient, tandis que Corin courait vers Shasta, lui prenait les deux mains en criant :

– Quoi ! Toi ici ! Alors, tu t'en es sorti ! Ça me fait plaisir. Maintenant, il va y avoir un peu de sport. Est-ce que ce n'est pas de la chance, ça ? On venait d'entrer dans le port de Cair Paravel hier matin, et la toute première personne qu'on a rencontrée c'était Chervy le cerf, avec ces nouvelles d'une attaque sur Anvard. Tu ne crois pas…

– Qui est l'ami de Votre Altesse ? demanda le roi Edmund, qui venait de descendre de cheval.

– Vous ne le voyez pas, Sire ? répondit Corin. C'est mon double : le garçon que vous avez pris pour moi à Tashbaan.

– Alors, comme ça, il est votre double, s'exclama la reine Lucy. Tout pareils comme des jumeaux. C'est une chose extraordinaire.

– S'il vous plaît, Votre Majesté, dit Shasta au roi Edmund, je n'avais rien d'un traître, vraiment je n'en étais pas un. Et je ne pouvais pas faire autrement que d'entendre vos plans. Mais je n'aurais jamais eu l'idée d'aller les révéler à vos ennemis.

– Je sais maintenant que vous n'étiez pas un traître, mon garçon, dit le roi Edmund en posant sa main sur la tête de Shasta. Mais si vous ne voulez pas être pris pour un traître, la prochaine fois essayez de ne pas entendre ce qui ne vous est pas destiné. Enfin, tout est bien qui finit bien.

Après, il y eut tellement de remue-ménage, de bavardages, d'allées et venues que Shasta perdit de vue pendant quelques minutes Corin, Edmund et Lucy. Mais Corin était le genre de garçon dont on peut être sûr d'avoir des nouvelles très vite, et il ne fallut pas longtemps pour que Shasta entende le roi Edmund s'exclamer d'une grosse voix :

– Par la crinière du Lion, prince, cela passe les bornes ! Votre Altesse ne s'amendera donc jamais ? À vous tout seul, vous m'êtes un plus grand tourment que toute notre armée réunie ! Plutôt que vous, je préférerais avoir sous mes ordres un régiment de frelons.

Shasta se faufila à travers la foule et vit Edmund, l'air vraiment furieux, Corin, l'air un peu honteux, et un nain bizarrement assis par terre, tout grimaçant. Apparemment, deux faunes venaient juste de l'aider à quitter son armure.

– Si seulement j'avais mon cordial avec moi, disait la reine Lucy, j'aurais très vite fait d'arranger ça. Mais le roi suprême m'a si fermement enjoint de ne pas prendre l'habitude de l'emporter dans les guerres, en le réservant pour les grandes extrémités !

Voici ce qui était arrivé. Dès que Corin avait fini de parler avec Shasta, un nain de l'armée, qui s'appelait Thornbut, l'avait poussé du coude.

– Qu'y a-t-il, Thornbut ? avait demandé Corin.

– Votre Altesse Royale, avait dit Thornbut en le tirant à l'écart, notre marche d'aujourd'hui va nous mener à passer le col et à continuer tout droit jusqu'au château de votre père. Nous pouvons avoir à nous battre avant ce soir.

– Je sais, avait dit Corin. N'est-ce pas magnifique ?

– Magnifique ou pas, avait continué Thornbut, j'ai reçu du roi Edmund les ordres les plus stricts de veiller à ce que Votre Altesse ne participe pas au combat. Vous pourrez y assister, ce qui est une faveur suffisante pour le jeune âge de Votre Altesse.

– Oh ! Quelle absurdité ! avait explosé Corin. Bien sûr que je vais me battre. Quoi, la reine Lucy va bien être avec les archers.

– Sa Grâce la reine fera ce qu'il lui plaira, avait dit Thornbut. Mais je suis responsable de vous. Ou bien j'ai votre parole solennelle et princière que vous maintiendrez votre poney à côté du mien – pas à une demi-encolure devant – jusqu'à ce que je donne à Votre Altesse licence de partir ; ou bien – ce sont les propres mots de Sa Majesté – nous devrons avoir nos deux poignets attachés ensemble comme des prisonniers.

– Je vous casserai la figure si vous essayez de m'attacher, avait dit Corin.

– J'aimerais bien voir Votre Altesse faire ça, avait répondu le nain.

C'en était trop pour un garçon comme Corin et une seconde plus tard le nain et lui se battaient comme des chiffonniers. Cela aurait pu donner un match nul car, bien que Corin soit plus grand, avec des bras plus longs, le nain était plus musclé et plus coriace. Mais le combat n'arriva jamais à son terme (le flanc sauvage d'une colline, c'est le pire endroit pour se battre), car, par une extrême malchance, Thornbut trébucha sur une pierre, tomba sur le nez, et quand il tenta de se relever, découvrit qu'il s'était foulé la cheville : une entorse vraiment insoutenable qui l'empêcherait de marcher ou de chevaucher pendant au moins quinze jours.

– Voyez ce qu'a fait Votre Altesse, grondait le roi Edmund. Elle nous a privés d'un guerrier éprouvé juste au début d'une bataille.

– Je prendrai sa place, Sire, dit Corin.

– Pfff ! dit Edmund. Personne ne met en doute votre courage. Mais, dans un combat, un jeune garçon n'est un danger que pour son propre camp.

À cet instant, le roi Edmund fut appelé ailleurs pour s'occuper d'autre chose, et Corin, après avoir présenté élégamment ses excuses au nain, fonça vers Shasta et lui chuchota :

– Vite. Il y a un poney de trop, maintenant, et l'armure du nain. Mets-la avant qu'on ne s'en rende compte.

– Pour quoi faire ? s'étonna Shasta.

– Eh bien, pour que toi et moi, on participe au combat, bien sûr ! Tu ne veux pas ?

– Oh… ah ! Si, évidemment, dit Shasta.

Mais il n'en avait pas du tout envie, et il sentit un frisson très désagréable courir dans sa colonne vertébrale.

– Parfait, dit Corin. Par-dessus la tête. Maintenant, le baudrier. Il faudra chevaucher en queue de colonne sans faire plus de bruit que des souris. Une fois le combat commencé, ils seront tous beaucoup trop occupés pour faire attention à nous.

Chapitre 13
La bataille d'Anvard

Aux environs de onze heures, toute la compagnie était de nouveau en marche, en direction de l'ouest, avec les montagnes à gauche. Corin et Shasta chevauchaient en tout derniers, avec les géants juste devant eux. Lucy, Edmund et Peridan étaient absorbés par leurs plans de bataille. À un moment, Lucy s'était étonnée : « Mais où est donc Son Altesse tête-de-mule ? » Edmund s'était contenté de répondre : « Pas à l'avant des troupes, et c'est une bonne chose. N'en demandons pas plus. »

Shasta racontait à Corin l'essentiel de ses aventures, lui expliquant au passage que tout ce qu'il connaissait de l'équitation, il le tenait d'un cheval, et qu'il ne savait pas vraiment se servir des rênes. Corin lui apprit ce qu'il fallait en faire, tout en lui racontant en détail comment ils avaient appareillé en secret pour quitter Tashbaan.

– Et la reine Susan, où est-elle ?

– À Cair Paravel, répondit Corin. Elle n'est pas comme Lucy, tu sais, qui est aussi forte qu'un homme, ou qu'un garçon en tout cas. La reine Susan est beaucoup plus comme une dame normale. Elle ne va pas à la guerre, bien qu'elle soit excellente au tir à l'arc.

Le chemin qu'ils suivaient à flanc de colline se rétrécissait sans cesse et, sur leur droite, le coteau était de plus en plus à pic. Ils finirent par progresser en file indienne au bord d'un précipice et Shasta frémit en pensant que, la nuit précédente, il avait fait la même chose sans s'en rendre compte.

« Mais bien sûr, pensa-t-il, je ne courais aucun risque. C'est pourquoi le Lion restait à côté de moi. Il était tout le temps entre le bord et moi. »

Puis le chemin tourna à gauche, vers le sud, en s'éloignant de la paroi rocheuse, des forêts profondes apparurent de part et d'autre et ils montèrent en suivant une pente escarpée, plus haut, toujours plus haut, jusqu'au col.

La vue aurait pu être splendide de là-haut en terrain découvert, mais, avec tous ces arbres, on ne voyait rien… si ce n'est, de loin en loin, un énorme sommet rocheux au-dessus des feuillages, et un ou deux aigles volant puissamment là-haut dans le ciel bleu.

– Ils sentent la bataille, dit Corin en montrant les oiseaux du doigt. Ils ont compris qu'on allait préparer leur repas.

Shasta n'apprécia pas du tout.

Quand ils eurent dépassé le col et qu'ils furent descendus beaucoup plus bas, ils trouvèrent un terrain plus dégagé. De là, Shasta eut une vue d'ensemble d'Archenland, qui s'étendait en contrebas sous une

brume bleutée, et même (pensa-t-il) un vague aperçu du désert au-delà. Mais, à peu près deux heures avant son coucher, le soleil bas l'aveuglait, l'empêchant de discerner clairement les choses.

L'armée s'arrêta là pour se disposer en ligne de bataille, et il y eut de nombreux changements. Tout un détachement d'animaux parlants à l'air particulièrement dangereux, que Shasta n'avait pas remarqués jusque-là et qui étaient pour la plupart des félins (léopards, panthères et équivalents), vint à pas feutrés, en grondant, prendre position à gauche. Les géants furent disposés à droite et, avant d'y aller, ils prirent tous des choses qu'ils avaient transportées dans leurs sacs et s'assirent un instant. Shasta vit alors que ce qu'ils avaient apporté et qu'ils étaient en train d'enfiler, c'étaient des paires de bottes, d'horribles, de pesantes bottes garnies de pointes, et qui leur montaient aux genoux. Puis ils posèrent sur leurs épaules leurs énormes gourdins et s'ébranlèrent vers leur position de combat. Les archers, avec la reine Lucy, se mirent à l'arrière et on put d'abord les voir bander leurs arcs, puis on entendit les twang-twang quand ils testèrent les cordes. Où que l'on regarde, on ne voyait que des gens en train de resserrer des sangles, mettre des casques, dégainer des épées et jeter par terre leurs capes. Il n'y avait pratiquement plus de mots échangés. C'était très solennel et très impressionnant. « Je vais en être, ici, maintenant… je vais vraiment en être », pensa Shasta. Puis des bruits se firent entendre loin devant : le cri d'hommes en nombre et un boum-boum-boum régulier.

– Le bélier, chuchota Corin. Ils sont en train d'enfoncer la porte.

Même Corin avait l'air très sérieux, maintenant.

– Pourquoi est-ce que le roi Edmund n'attaque pas ? disait-il. C'est insupportable, cette attente. Ça donne la chair de poule, en plus.

Shasta hocha la tête. En espérant qu'on ne voie pas à quel point il avait peur.

Enfin, la trompette ! Bon, en avant – au trot pour l'instant –, bannière au vent. Ils dépassèrent une petite crête, et toute la scène en contrebas leur apparut d'un seul coup : un petit château aux nombreuses tours dont la porte était de leur côté. Pas de douves, malheureusement, mais la porte fermée, bien sûr, et la herse abaissée. Ils voyaient, sur les remparts, comme de petites taches blanches, les visages des défenseurs. En dessous, environ cinquante des Calormènes, descendus de cheval, balançaient régulièrement, d'arrière en avant, un énorme tronc d'arbre contre la porte. Le gros des hommes de Rabadash étaient descendus de leur monture, prêts à donner l'assaut à la porte. Mais à l'instant même tout changea. Rabadash venait de voir les Narniens descendre de la colline. Incontestablement, ces Calormènes étaient remarquablement entraînés. Shasta eut l'impression qu'en une seconde tous leurs ennemis étaient de nouveau à cheval, voltant pour venir à leur rencontre et s'ébranlant dans leur direction.

Et maintenant, galop. La distance séparant les deux armées diminuait à chaque seconde. Plus vite, plus vite. Toutes épées sorties, maintenant, tous boucliers remontés jusqu'au nez, toutes prières dites, toutes dents serrées. Shasta était terriblement effrayé. Mais il pensa soudain : « Si tu te dérobes maintenant, tu te déroberas pour tous les combats de ta vie. C'est maintenant ou jamais. »

Quand finalement les deux lignes se rencontrèrent, il n'eut vraiment qu'une très vague idée de ce qui se passait. La confusion était terrifiante, le bruit assourdissant. Son épée fut très vite arrachée de sa main. Ses rênes s'étaient plus ou moins emmêlées. Puis il se sentit glisser. Une lance fondit droit sur lui et, comme il se penchait pour esquiver, il roula carrément à bas de son cheval, se cogna violemment les jointures de la main gauche contre l'armure de quelqu'un d'autre, puis…

Mais il ne sert à rien de chercher à décrire la bataille du point de vue de Shasta ; il ne comprit pas grand-chose au combat dans l'ensemble et même à son propre rôle là-dedans. La meilleure façon de vous raconter ce qui se passait vraiment, c'est de vous emmener à quelques kilomètres, là où l'ermite de la marche du Sud était assis, scrutant du regard le bassin d'eau dormante sous l'arbre à l'ample ramure, avec Bree, Hwin et Aravis à son côté.

Car c'était dans ce bassin que l'ermite plongeait son regard quand il voulait savoir ce qui se passait dans le monde, au-delà des murs verdoyants de son ermitage. Là, il voyait comme dans un miroir, à certains moments, ce qui se passait dans les rues de villes du Sud beaucoup plus éloignées que Tashbaan, ou quels bateaux venaient au mouillage à Redhaven, là-bas, très loin, dans les Sept-Îles, quels bandits ou bêtes sauvages s'agitaient dans les grandes forêts de l'Ouest entre la lande du Réverbère et Telmar. Et de toute cette journée, il n'avait guère quitté son bassin, même pour boire ou manger, car il savait que de grands événements se déroulaient en Archenland. Aravis et les chevaux scrutaient aussi le bassin du regard. Ils voyaient bien que cette eau était magique : au lieu de refléter l'arbre et le ciel, elle montrait des formes troubles et colorées qui bougeaient, bougeaient sans cesse dans ses profondeurs. Mais ils ne distinguaient rien avec clarté. L'ermite le pouvait lui, et de temps à autre, il leur disait ce qu'il voyait. Un petit moment avant que Shasta soit engagé dans son premier combat, l'ermite s'était mis à parler ainsi :

– Je vois un… deux… aigles volant dans l'échancrure du pic des Tempêtes. L'un est le plus vieux de tous les aigles. Il ne serait pas sorti si une bataille ne se préparait. Je le vois voler de-ci, de-là, dardant son regard tantôt sur Anvard et tantôt vers l'est, derrière le pic des Tempêtes. Ah !... je vois maintenant à quoi Rabadash et ses hommes se sont tant affairés toute la journée. Ils ont abattu, puis ébranché un arbre énorme et ils sont en train de sortir des bois à présent, en le transportant comme un bélier. L'échec de leur assaut, la nuit dernière, leur a appris quelque chose. Il aurait été mieux inspiré de faire fabriquer des échelles par ses hommes, mais cela aurait demandé trop de temps et il est impatient. L'imbécile ! Il aurait dû rentrer à Tashbaan dès l'échec de sa première attaque, car tout son plan reposait sur la rapidité et la surprise. Maintenant, ils mettent leur bélier en position. Les hommes du roi Lune tirent sans arrêt du haut des remparts. Cinq Calormènes sont tombés ; mais il n'y en aura pas beaucoup plus. Ils ont leurs boucliers au-dessus de leurs têtes. Rabadash donne ses ordres maintenant. Il a autour de lui ses plus fidèles seigneurs, de féroces tarkaans des provinces de l'Est. Je vois leurs visages. Il y a Corradin, de Château-Tormunt, et Azrooh, et Chlamash, et Ilgamuth à la lèvre tordue, et un grand tarkaan à la barbe cramoisie...

– Par la crinière, mon ancien maître Anradin ! s'exclama Bree.

– Chhhut, dit Aravis.

– Maintenant le bélier a commencé son travail. Si je pouvais entendre aussi bien que je vois, quel bruit cela ferait ! Coup après coup : aucune porte ne peut résister à cela indéfiniment. Mais attendez ! Quelque chose du côté du pic des Tempêtes a effrayé les oiseaux. Ils sortent en masse. Et attendez encore… Je ne vois encore rien… Ah ! Maintenant, si. Toute la crête de la colline, au-dessus à l'est, est noire de cavaliers. Si seulement le vent voulait bien s'engouffrer dans cet étendard et le déployer. Ils ont passé la crête, à présent, quels qu'ils puissent être. Aha ! J'ai vu la bannière, maintenant. Narnia, Narnia ! C'est le lion écarlate. Ils sont en plein dans la descente de la colline maintenant. Je vois le roi Edmund. Il y a une femme derrière au milieu des archers. Oh !…

– Que se passe-t-il ? demanda Hwin en retenant son souffle.

– Tous les chats se précipitent, de la gauche de leurs lignes.

– Des chats ? s'étonna Aravis.

– De grands chats, des léopards, des choses comme ça, répondit l'ermite avec un mouvement d'impatience. Je vois, je vois. Les chats arrivent en cercle pour attaquer les chevaux des hommes démontés. Un beau coup. Les chevaux des Calormènes sont déjà fous de terreur. Maintenant les chats sont au milieu d'eux. Mais Rabadash a reformé sa ligne de bataille et dispose d'une centaine d'hommes à cheval. Ils partent à la rencontre des Narniens. Il n'y a pas plus de cent mètres entre les deux lignes maintenant… plus que cinquante. Je vois le roi Edmund. Je vois le seigneur Peridan. Il y a deux enfants dans les lignes de Narnia. À quoi pense le roi pour les laisser participer au combat ? Plus que dix mètres… Les lignes se sont rejointes. Sur le flanc droit des Narniens, les géants font merveille… Mais il y en a un par terre… touché à l'œil, je suppose. Au centre, ce n'est qu'une vaste pagaille. Je vois mieux sur la gauche. Voilà les deux jeunes garçons à nouveau. Par le Lion vivant ! L'un d'eux est le prince Corin. L'autre… Ils se ressemblent comme deux gouttes d'eau. C'est votre petit Shasta. Corin se bat comme un homme. Il a tué un Calormène. Je vois un peu au centre maintenant. Rabadash et Edmund ont failli s'affronter, mais ils ont été séparés par la cohue…

– Que se passe-t-il pour Shasta ? demanda Aravis.

– Oh ! l'imbécile ! gronda l'ermite. Pauvre brave petit imbécile. Il ne connaît rien à cette affaire. Il ne se sert absolument pas de son bouclier. Tout son flanc est exposé. Il n'a pas la moindre idée de ce qu'il doit faire avec son épée. Oh ! il s'en est souvenu maintenant. Il l'agite furieusement dans tous les sens… Il a failli couper la tête de son poney, et il va le faire sous peu s'il ne fait pas attention. Son épée lui a été arrachée maintenant. C'est du meurtre pur et simple que d'envoyer un enfant à la bataille ; il ne peut survivre cinq minutes. Couche-toi, idiot !… Oh ! il est tombé.

– Tué ? demandèrent trois voix suffocantes.

– Comment pourrais-je le dire ? dit l'ermite. Les chats ont terminé leur travail. Tous les chevaux sans cavalier sont maintenant morts ou en fuite : pour les Calormènes, pas de retraite sur ces chevaux-là. Maintenant, les chats retournent en pleine bataille. Ils bondissent sur les hommes qui manient le bélier. Le bélier est tombé. Ah ! bon ! bon ! Les portes s'ouvrent de l'intérieur : il va y avoir une sortie. Les trois premiers sont déjà dehors. Au milieu, c'est le roi Lune, les frères Dar et Darrin sont de chaque côté. Derrière eux arrivent Tran, Shar et Cole avec son frère Colin. Il y en a dix… vingt… presque trente dehors maintenant. La ligne calormène est repoussée vers eux. Le roi Edmund frappe des coups magnifiques. Il vient juste de faire sauter la tête de Corradin. Beaucoup de Calormènes ont jeté leurs armes et courent se réfugier dans les bois. Ceux qui restent sont serrés de près. Les géants les bloquent sur la droite… les chats sur la gauche… Le roi Lune par l'arrière. Les Calormènes ne sont plus qu'un petit noyau maintenant, se battant dos à dos. Ton tarkaan est par terre, Bree. Lune et Azrooh combattent au corps à corps ; le roi a l'air de gagner… Le roi se défend bien… Le roi a gagné. Azrooh est à terre. Le roi Edmund est tombé… Non, il est à nouveau debout : il est en train d'en découdre avec Rabadash. Ils se battent à la porte même du château. Plusieurs Calormènes se sont rendus. Darrin a tué Ilgamuth. Je ne vois pas ce qui est arrivé à Rabadash. Je crois qu'il est mort, appuyé au mur du château, mais je ne sais pas. Chlamash et le roi Edmund se battent maintenant, mais la bataille est terminée partout ailleurs. Chlamash s'est rendu. La bataille est finie. Les Calormènes ont été complètement écrasés.

Quand Shasta était tombé de son cheval, il s'était considéré comme perdu. Mais, même au combat, les chevaux piétinent beaucoup moins les êtres humains qu'on pourrait le penser. Après dix minutes à peu près d'horreur absolue, Shasta s'était rendu soudainement compte qu'il n'y avait plus de chevaux tapant du pied dans le voisinage immédiat et que le bruit (car il continuait à y avoir pas mal de bruit) n'était plus celui d'une bataille. Il s'était assis et avait regardé autour de lui. Même lui, si peu qu'il s'y connaisse en batailles, avait très vite vu que les Archenlandais et les Narniens avaient gagné. Les seuls Calormènes vivants qu'il voyait étaient prisonniers, les portes du château étaient grandes ouvertes, le roi Edmund et le roi Lune se serraient la main par-dessus le bélier. Du cercle de seigneurs et de guerriers qui les entourait s'élevait un bruit de conversations essoufflées et nerveuses, mais clairement gaies. Soudain, toutes se confondirent, pour se transformer en un énorme éclat de rire.

Shasta se releva, se sentant tout raide, et courut vers la source du bruit pour voir ce qu'il y avait de drôle. Ses yeux tombèrent sur un bien étrange spectacle. Il aperçut le malheureux Rabadash suspendu aux murs du château. Ses pieds, à environ soixante centimètres du sol, s'agitaient frénétiquement. Sa cotte de mailles était accrochée on ne voyait pas comment, si bien qu'elle le serrait horriblement sous les bras et lui remontait jusqu'au milieu du visage. En fait, il avait exactement l'air d'un homme surpris au moment précis où il essaie d'enfiler une chemise raide et un peu trop petite pour lui. Pour autant qu'on puisse l'expliquer après coup (et vous pouvez être sûr que l'histoire fit beaucoup jaser, pendant des jours et des jours), voilà, en gros, ce qui était arrivé.

Au début de la bataille, un des géants avait tenté sans succès de piétiner Rabadash avec sa botte à pointes ; sans succès parce qu'il n'avait pas écrasé Rabadash alors que c'était ce qu'il voulait faire, mais pas tout à fait en vain car l'une des pointes de sa botte avait déchiré la cotte de mailles de Rabadash, exactement comme vous et moi pourrions déchirer une chemise ordinaire. Aussi, Rabadash, au moment où il avait affronté le roi Edmund à la porte, avait un trou dans le dos de son pourpoint métallique. Et quand Edmund l'avait poussé de plus en plus vers le mur, il avait bondi sur un énorme bloc de pierre et était resté là-haut à faire pleuvoir des coups sur Edmund. Mais s'étant alors rendu compte que cette position, qui le plaçait au-dessus des têtes de tous les autres, faisait de lui une cible pour les flèches des archers narniens, il avait décidé de sauter à terre. Il avait voulu se donner l'air – et sans aucun doute avait-il eu l'air, pendant un bref instant – très impressionnant et redoutable pendant qu'il avait sauté en criant : « La foudre de Tash tombe du ciel. » Mais il avait dû sauter sur le côté car, devant lui, il y avait trop de monde pour qu'il trouve la place d'atterrir. À cet instant, avec une précision telle qu'on n'aurait pas pu rêver mieux, le trou de sa cotte de mailles s'était accroché à un piton planté dans le mur (très longtemps auparavant, ce piton avait supporté un anneau pour y attacher les chevaux). Et il s'était retrouvé là, comme du linge pendu à sécher, avec tout le monde en train de rire autour de lui.

– Descends-moi, Edmund, vociférait Rabadash. Descends-moi et bats-toi comme un homme et comme un roi contre moi ; ou si tu es trop grand couard pour le faire, alors tue-moi tout de suite.

– Assurément… commença à dire le roi Edmund.

Mais le roi Lune l'interrompit :

– Si Votre Majesté le permet, dit le roi Lune à Edmund, pas de cette façon.

Puis, se tournant vers Rabadash, il lui dit :

– Altesse Royale, auriez-vous lancé ce défi une semaine plus tôt, je puis en répondre, il n'y aurait eu personne parmi les sujets du roi suprême, du roi Edmund à la plus petite souris parlante, qui ne l'eût relevé. Mais en attaquant notre château d'Anvard en temps de paix et sans déclaration de guerre, vous avez prouvé que vous n'étiez en rien un chevalier, mais bien un traître, quelqu'un à livrer plutôt au fouet du bourreau qu'à laisser croiser son épée avec une personne d'honneur.

Et il ordonna à ses soldats :

– Descendez-le, ligotez-le, et emmenez-le à l'intérieur en attendant que nous fassions connaître notre bon plaisir à son sujet.

Des mains robustes arrachèrent son sabre à Rabadash et il fut traîné dans le château, hurlant des jurons, des menaces, pleurant même. Car, alors qu'il était prêt à affronter la torture, il ne pouvait supporter d'être tourné en ridicule. À Tashbaan, tout le monde l'avait toujours pris au sérieux.

À cet instant, Corin courut vers Shasta, lui prit la main et entreprit de l'entraîner vers le roi Lune.

– Le voici, père, le voici, criait Corin.

– Oui, bien, vous voici donc, à la fin, dit le roi d'une voix très bourrue. Et vous fûtes de la bataille, manquant ainsi ouvertement à votre devoir d'obéissance. Comme un garçon qui cherche à briser le cœur de son père ! À votre âge, vous avez plus besoin de coups de bâton sur votre culotte que d'une épée dans votre main, ha !

Mais tout le monde, même Corin, voyait bien que le roi était très fier de son fils.

– Ne le réprimandez plus, Sire, mais daignez m'écouter, intervint le seigneur Darrin. Son Altesse ne serait pas votre fils s'il n'avait hérité de vos dispositions. La peine de Votre Majesté serait bien plus grande si elle avait à lui reprocher la faute inverse.

– Bon, bon… grommela le roi. Nous passerons là-dessus pour cette fois. Et maintenant…

Ce qui survint ensuite surprit Shasta plus que tout ce qui avait pu lui arriver dans sa vie. Il se trouva soudain entre les bras du roi Lune qui le serrait comme un ours et l'embrassait sur les deux joues. Puis le roi le reposa à terre et dit :

– Garçons, restez ici tous deux et laissez la Cour entière vous regarder. Levez le menton. Et maintenant, messieurs, observez-les bien tous les deux. Quelqu'un aurait-il le moindre doute ?

Là encore, Shasta ne comprit pas pourquoi tout le monde les dévisageait, Corin et lui, ni ce qui provoquait toutes ces acclamations.

Chapitre 14

Comment Bree devint un cheval plus avisé

Il nous faut maintenant revenir à Aravis et aux chevaux. L'ermite, en observant l'eau du bassin, fut à même de leur dire que Shasta n'était ni tué ni même sérieusement blessé, car il le vit se relever puis, plus tard, se faire congratuler très affectueusement par le roi Lune. Mais comme il pouvait seulement voir et non pas entendre, il ne savait pas ce que tout ce monde disait et, une fois le combat arrêté, quand les conversations commencèrent, continuer à regarder dans le bassin n'avait aucun intérêt.

Le matin suivant, alors que l'ermite était à l'intérieur, ils discutèrent tous les trois de ce qu'ils allaient faire ensuite.

– Je suis lasse de tout ça, dit Hwin. L'ermite a été très bon avec nous et je me sens très obligée à son égard, pas de doute là-dessus. Mais je suis en train de grossir comme un poney d'agrément, à manger toute la journée sans faire d'exercice. Reprenons notre route vers Narnia.

– Oh ! pas aujourd'hui, madame, répondit Bree. Je ne voudrais pas précipiter les choses. Un autre jour, ne croyez-vous pas ?

– Nous devons d'abord voir Shasta, lui dire au revoir et… et lui présenter nos excuses, dit Aravis.

– Exactement ! s'exclama Bree avec enthousiasme. Juste ce que j'allais dire.

– Oh ! bien sûr, acquiesça Hwin. Je pense qu'il doit être à Anvard. Naturellement, nous l'y chercherons pour lui dire au revoir, c'est sur notre chemin. Et pourquoi est-ce qu'on ne partirait pas tout de suite ? Après tout, je croyais que c'était à Narnia que nous voulions tous aller ?

– Oui, je le croyais aussi, dit Aravis.

Elle commençait à se demander ce qu'elle ferait exactement quand elle arriverait là-bas, et se sentait un peu perdue.

– Bien sûr, bien sûr, dit Bree précipitamment. Mais il n'est nul besoin de bousculer les choses, si vous voyez ce que je veux dire.

– Non, je ne vois pas ce que vous voulez dire, répondit Hwin. Pourquoi ne voulez-vous pas partir ?

– M-m-m, broo-hoo, marmonna Bree. Eh bien, voyez-vous, madame… c'est un moment important… Retourner dans son pays d'origine… Entrer dans la société… la meilleure société… Il est capital de faire bonne impression… Peut-être n'avons-nous pas l'air d'être vraiment nous-mêmes, pas encore, hein ?

Hwin éclata d'un rire chevalin.

– C'est votre queue, Bree ! Je comprends tout, maintenant. Vous voulez attendre jusqu'à ce que votre queue ait repoussé ! Alors que nous ne savons même pas si les queues se portent longues à Narnia. Vraiment, Bree, vous êtes aussi vaniteux que cette tarkheena de Tashbaan !

– Vous êtes idiot, Bree, dit Aravis.

– Par la crinière du Lion, tarkheena, je ne suis rien de ce genre, répliqua Bree avec indignation. J'ai un minimum de respect pour moi-même et pour mes compagnons les chevaux, c'est tout.

– Bree, dit Aravis, que cette histoire de coupe de poils n'intéressait pas beaucoup, il y a une chose que j'ai envie de vous demander depuis longtemps. Pourquoi jurez-vous tout le temps « par le Lion » et « par la crinière du Lion » ? Je croyais que vous détestiez les lions.

– C'est le cas, répondit Bree. Mais quand j'évoque « le » Lion, je veux évidemment dire Aslan, le grand libérateur de Narnia qui a fait fuir la sorcière et l'hiver. Tous les Narniens jurent par lui.

– Mais est-ce un lion ?

– Non, non, bien sûr que non, dit Bree d'un ton plutôt choqué.

– Toutes les histoires sur lui à Tashbaan disent qu'il en est un, répliqua Aravis. Et si ce n'est pas un lion, pourquoi l'appelez-vous « Lion » ?

– Eh bien, il vous serait difficile de comprendre cela à votre âge, dit Bree. Et comme je n'étais qu'un petit poulain quand j'ai quitté Narnia, je ne le comprends pas tout à fait moi-même.

Bree disait cela le dos tourné au mur verdoyant et les deux autres lui faisaient face. Il parlait d'un air un peu supérieur, les yeux à demi fermés ; c'est pourquoi il ne remarqua pas le changement d'expression sur les visages d'Aravis et de Hwin. Elles avaient une bonne raison de rester bouche bée, les yeux écarquillés ; car, tandis que Bree parlait, elles avaient vu un énorme lion bondir de l'extérieur et se poser en équilibre sur le faîte du mur verdoyant ; seulement il était d'un jaune plus brillant, plus grand et plus beau, plus inquiétant aussi qu'aucun lion qu'elles aient jamais vu. Et tout de suite, il sauta dans l'enclos et commença à s'approcher de Bree par-derrière. Il ne faisait absolument aucun bruit. Et Hwin et Aravis, comme figées, étaient elles-mêmes, par la force des choses, réduites au silence.

– Aucun doute là-dessus, poursuivait Bree. Quand on parle de lui comme d'un lion, on veut seulement dire qu'il est fort comme un lion ou (pour nos ennemis, bien sûr) aussi féroce qu'un lion. Quelque chose de ce genre. Même une petite fille comme vous, Aravis, doit se rendre compte qu'il serait tout à fait absurde de supposer qu'il soit réellement un lion. En fait, ce serait irrespectueux. Si c'était un lion, cela voudrait dire qu'il n'est qu'une bête comme nous autres, voyons !

Et là, Bree se mit à rire.

– Si c'était un lion, il aurait quatre pattes, une queue, et des moustaches !... Aïe, ooh, hoo-hoo ! Au secours !

Juste au moment où il disait le mot « moustaches », celles d'Aslan, bien réelles, avaient chatouillé son oreille. Bree fila comme une flèche jusqu'à l'autre extrémité de l'enclos et là, il se retourna ; le mur était trop haut pour qu'il puisse le sauter et il ne pouvait fuir plus loin. Aravis et Hwin commencèrent à reculer toutes les deux.

Il y eut environ une seconde d'intense silence.

Puis Hwin, bien que tremblant de tous ses membres, émit un petit hennissement bizarre et trotta vers le Lion.

– S'il vous plaît, dit-elle, vous êtes si beau. Vous pouvez me manger si vous voulez. Je préférerais être mangée par vous que par n'importe qui d'autre.

– Très chère fille, dit Aslan en posant un baiser de lion sur son nez de velours palpitant, je savais que vous ne seriez pas longue à venir à moi. La joie sera vôtre.

Puis il leva la tête et parla d'une voix plus forte :

– Allons, Bree, dit-il, pauvre, fier, craintif cheval, approche-toi. Encore plus près, mon fils. N'aie pas peur. Touche-moi. Sens-moi. Voici mes pattes, voici ma queue, ceci, ce sont mes moustaches. Je suis une vraie bête.

– Aslan, dit Bree d'une voix brisée. J'ai dû avoir l'air assez ridicule, je le crains.

– Heureux le cheval qui comprend cela alors qu'il est encore jeune. De même pour l'humain. Approche-toi, Aravis, ma fille. Regarde ! Mes griffes sont rentrées. Tu ne seras pas blessée, cette fois…

– Cette fois, monsieur ? s'étonna Aravis.

– C'est moi qui t'ai griffée, dit Aslan. Je suis le seul lion que vous ayez rencontré dans toutes vos pérégrinations. Sais-tu pourquoi je t'ai blessée ?

– Non, monsieur.

– Les plaies sur ton dos, déchirure pour déchirure, douleur pour douleur, sang pour sang, c'étaient les coups de fouet qu'a valus à l'esclave de ta belle-mère le sommeil où ta drogue l'a plongée. Il fallait que tu saches l'effet que cela fait.

– Oui, monsieur… S'il vous plaît…

– Demande, ma chère, dit Aslan.

– Est-ce qu'elle devra souffrir plus encore à cause de moi ?

– Mon enfant, dit le Lion, je te raconte ton histoire, pas la sienne. À personne n'est racontée une autre histoire que la sienne.

Puis il secoua la tête et parla d'un ton plus léger :

– Réjouissez-vous, mes petits, dit-il. Nous nous retrouverons bientôt. Mais avant, vous recevrez une autre visite.

Puis, d'un bond, il atteignit le faîte du mur, et disparut de leur vue.

C'est drôle à dire, mais ils ne se sentirent aucune envie de parler de lui après qu'il fut parti. Ils se dispersèrent tous lentement sur la pelouse moelleuse et se mirent à marcher de long en large, chacun de son côté, pensivement.

Environ une demi-heure plus tard, les deux chevaux furent appelés à l'arrière de la maison pour manger les bonnes choses que l'ermite leur avait préparées, et Aravis, qui marchait encore rêveusement, sursauta au son aigu d'une trompette derrière la porte.

– Qui est là ? demanda-t-elle.

– Son Altesse Royale le prince Cor d'Archenland, répondit une voix à l'extérieur.

Aravis déverrouilla la porte et l'ouvrit, en s'effaçant pour laisser entrer les étrangers.

Deux soldats portant des hallebardes passèrent les premiers et prirent position de chaque côté de l'entrée. Puis un héraut suivit, et le sonneur de trompette.

– Son Altesse Royale le prince Cor d'Archenland désire une audience de dame Aravis, dit le héraut.

Puis le sonneur de trompette et lui s'écartèrent en s'inclinant, les soldats saluèrent, et le prince lui-même entra. Tous ses serviteurs se retirèrent en fermant la porte derrière eux.

Le prince s'inclina et, pour un prince, il le fit avec

beaucoup de gaucherie. Aravis fit la révérence à la façon calormène (pas du tout comme la nôtre) et la fit merveilleusement car, bien sûr, on lui avait appris à la faire. Puis elle leva les yeux et découvrit quelle sorte de personne était ce prince.

Ce n'était qu'un petit garçon. Il était tête nue et ses cheveux blonds étaient entourés d'un bandeau d'or très fin, à peine plus gros qu'un fil. La partie supérieure de son vêtement était de batiste blanche, fine comme un mouchoir, laissant voir en transparence la tunique rouge vif qu'il portait en dessous. Sa main gauche, posée sur la poignée émaillée de son épée, était bandée.

Aravis dut s'y reprendre à deux fois, en scrutant son visage, avant de laisser échapper d'une voix étranglée :

– Mais… c'est Shasta !

À l'instant même, Shasta rougit violemment et se mit à parler à toute vitesse :

– Écoute, Aravis, j'espère surtout que tu ne vas pas croire que je me présente de cette façon-là, avec la trompette, et tout, pour essayer de t'impressionner ou te faire remarquer que je ne suis plus le même, ou n'importe quelle lourdeur de ce genre. Parce que, moi, j'aurais bien préféré, et de loin, venir avec mes vieux vêtements, mais maintenant, on les a brûlés, et mon père a dit…

– Ton père ? s'étonna Aravis.

– Il paraît que le roi Lune est mon père, répondit Shasta. En fait, j'aurais dû m'en douter. Corin me ressemble tellement. Nous sommes des jumeaux, tu vois ? Oh ! et puis mon nom n'est pas Shasta, mais Cor.

– Cor est un plus joli nom que Shasta, dit Aravis.

– C'est comme ça pour les frères en Archenland, précisa Shasta (ou plutôt le prince Cor, comme nous devons l'appeler maintenant). Par exemple, Dar et Darrin, Cole et Colin…

– Shasta… je veux dire Cor… commença Aravis. Non, tais-toi. Il y a une chose que je dois te dire tout de suite. Je suis désolée de m'être si mal conduite. Mais j'ai changé, avant de savoir que tu étais un prince, je t'assure, j'ai changé… quand tu es revenu pour affronter le Lion.

– En réalité, il ne voulait pas du tout te tuer, ce Lion, dit Cor.

– Je sais, dit Aravis en hochant la tête.

Ils restèrent tous deux immobiles et graves pendant un instant, chacun découvrant que l'autre savait ce qu'il en était pour Aslan.

Aravis se rappela soudain avoir vu que la main de Cor était bandée.

– Dis donc ! s'exclama-t-elle. J'oubliais ! Tu as participé à une bataille. C'est une blessure ?

– Une simple égratignure, la rassura Cor, en prenant pour la première fois un ton assez noble.

Mais l'instant d'après, il éclata de rire et lui dit :

– Si tu veux savoir, ce n'est pas une blessure du tout. Je me suis simplement éraflé les jointures comme le fait n'importe quel imbécile, par maladresse, sans même avoir à s'approcher d'une bataille.

– Et pourtant, tu étais au combat, reprit Aravis. Ça devait être extraordinaire.

– Ce n'était pas du tout ce à quoi je m'attendais, dit Cor.

– Mais, Sha... je veux dire, Cor... tu ne m'as encore rien dit du roi Lune ni comment il a découvert qui tu étais.

– Bon, asseyons-nous, dit Cor. Parce que c'est une histoire plutôt longue. Et, à propos, Père est vraiment quelqu'un de très sympathique. J'aurais été tout aussi content – à peu de chose près – d'apprendre qu'il était mon père même s'il n'était pas roi. Et malgré l'éducation princière et toutes ces sortes de choses horribles qui vont m'arriver. Mais tu veux connaître l'histoire... Eh bien, Corin et moi, nous étions jumeaux. Et environ une semaine après notre naissance à tous deux, il paraît qu'ils nous ont emmenés voir un vieux sage, un centaure, à Narnia, pour qu'il nous bénisse ou quelque chose comme ça. Bon, alors ce centaure était un devin comme le sont pas mal de centaures. Peut-être que tu n'as encore jamais vu de centaures ? Il y en avait quelques-uns à la bataille d'hier. Des gens tout à fait remarquables, mais pour l'instant, je ne peux pas dire que je me sente vraiment à l'aise avec eux. Dis donc, Aravis, il va y avoir plein de choses nouvelles auxquelles il faudra s'habituer dans ces pays du Nord.

– Oui, il va y en avoir beaucoup, concéda Aravis. Mais continue l'histoire.

– Bon, eh bien, dès qu'il nous a vus, Corin et moi, il paraît que le centaure m'a regardé en disant : « Un jour viendra où ce garçon sauvera la contrée d'Archenland du plus grand péril qu'elle ait jamais connu. » Alors bien sûr, mon père et ma mère étaient très contents. Mais il y avait là quelqu'un qui ne l'était pas. Ce type s'appelait le seigneur Bar et avait été grand chancelier de Père. Et il semble qu'il ait fait quelque chose de grave… du « tournement de fonds », enfin, un mot comme ça – je n'ai pas compris très bien cet épisode-là – et Père avait été obligé de le renvoyer. Mais on ne lui a rien fait d'autre et on l'a laissé continuer à vivre en Archenland. Seulement, il devait être aussi vicieux que possible, parce qu'on a découvert plus tard qu'il était à la solde du Tisroc et livrait un tas d'informations confidentielles à Tashbaan. Aussi, dès qu'il a entendu dire que j'allais sauver Archenland d'un grand danger, il en a conclu que je devais être éliminé. Enfin, il a réussi à me kidnapper (je ne sais pas comment exactement) et a foncé en suivant la Flèche coudée jusqu'à la côte. Il avait bien préparé son affaire ; un navire l'attendait, prêt à appareiller, avec ses hommes à bord, et il a pris le large après m'avoir embarqué avec lui. Père a eu vent de tout ça, mais un peu trop tard, et il s'est lancé à sa poursuite aussi vite que possible. Quand Père est arrivé à la côte, le seigneur Bar était déjà en mer mais encore en vue. Et en vingt minutes, Père s'est lancé dans une de ses batailles navales personnelles les plus mémorables.

« Ça a dû être une poursuite fantastique. Six jours durant, ils ont suivi le galion de Bar et l'ont contraint d'engager le combat le septième. Un formidable combat naval – j'en ai entendu parler hier soir ! – qui a duré de dix heures du matin au coucher du soleil. Nos hommes ont fini par s'emparer du bateau. Mais je n'y étais pas. Le seigneur Bar avait lui-même été tué dans la bataille. Un de ses hommes a dit que, tôt ce matin-là, dès qu'il s'était aperçu qu'il allait perdre, Bar m'avait confié à un de ses chevaliers et nous avait tous deux embarqués à bord du canot de sauvetage. On n'a jamais revu cette chaloupe. Mais bien sûr, c'était elle qu'Aslan (qui est apparemment derrière toutes ces histoires) a poussée vers le rivage à l'endroit qu'il fallait pour qu'Arsheesh me récupère. J'aimerais bien connaître le nom du chevalier, car c'est sans doute grâce à lui que je suis resté en vie, et pour cela, il s'est privé de nourriture jusqu'à mourir de faim.

– Je suppose qu'Aslan dirait que cela appartient à l'histoire de quelqu'un d'autre, remarqua Aravis.

– C'est vrai, j'oubliais ça, reconnut Cor.

– Je me demande comment la prophétie va se vérifier, dit pensivement Aravis, et quel est ce grand danger dont tu dois sauver Archenland.

– Heu… répondit Cor un peu gêné, ils ont l'air de penser que je l'ai déjà fait.

Aravis battit des mains.

– Mais, bien sûr ! s'exclama-t-elle. Que je suis bête. Et que c'est merveilleux ! Archenland ne pourra jamais être en plus grand danger que quand Rabadash a traversé la Flèche coudée avec ses deux cents cavaliers alors que tu n'étais pas encore arrivé avec ton message. Tu dois être fier ?

– Tout ça m'effraie un peu, je crois, dit Cor.

– Et tu vas vivre à Anvard, maintenant, nota Aravis avec un peu de nostalgie.

– Oh ! s'exclama Cor. J'avais presque oublié ce pour quoi j'étais venu. Père veut que tu viennes vivre avec nous. Il dit qu'il n'y a plus de dame à la Cour – ils appellent ça la Cour, je ne sais pas pourquoi – depuis que Mère est morte. Dis oui, Aravis. Tu aimeras beaucoup Père… et Corin. Ils ne sont pas comme moi ; ils ont été bien élevés. Tu n'as rien à craindre…

– Oh ! arrête, dit Aravis, sinon on va vraiment se disputer. Bien sûr, que je vais venir.

– Maintenant, allons voir les chevaux, dit Cor.

Ce furent de grandes et joyeuses retrouvailles entre Bree et Cor. Bree, qui était resté dans un état d'esprit plutôt docile, accepta de partir tout de suite pour Anvard ; Hwin et lui continueraient vers Narnia le lendemain. Tous quatre firent des adieux chaleureux à l'ermite, et promirent de lui rendre visite bientôt. Vers le milieu de la matinée, ils étaient en route. Les chevaux s'étaient attendus à ce qu'Aravis et Cor les montent, mais Cor expliqua qu'à l'exception du temps de guerre, où chacun doit faire ce qu'il sait le mieux faire, personne, à Narnia ou à Archenland, ne songerait jamais à monter un cheval parlant.

Cela rappela à ce pauvre Bree combien il était ignorant des coutumes de Narnia et quelles terribles fautes il risquait de commettre. Aussi, tandis que Hwin marchait nonchalamment, perdue dans un rêve de bonheur, Bree était de plus en plus nerveux et mal à l'aise à chaque pas qu'il faisait.

– Dépêche-toi, Bree, dit Cor. C'est bien pire pour moi que pour toi. Tu ne vas pas te faire éduquer, toi. Je vais apprendre à lire, à écrire, et l'héraldique, et la danse, et l'histoire, et la musique, pendant que tu t'en donneras à cœur joie en galopant et en faisant des roulades dans les collines de Narnia.

– Mais c'est bien le problème, grogna Bree. Est-ce que les chevaux parlants font des roulades ? Suppose qu'ils n'en fassent pas ? Je ne pourrai pas supporter de ne plus en faire. Qu'en pensez-vous, Hwin ?

– Je ferai des roulades de toute façon, répondit Hwin. Que vous vous rouliez dans l'herbe ou non, je pense qu'ils s'en moquent tous comme de deux morceaux de sucre.

– Nous approchons du château ? demanda Bree à Cor.

– Après le prochain tournant, dit le prince.

– Bon, dit Bree. Je vais en faire une bonne, là maintenant : ce sera peut-être la dernière. Attendez-moi une minute.

Il ne s'écoula pas moins de cinq minutes avant qu'il ne se relève, soufflant très fort et couvert de brins de fougère.

– Maintenant, je suis prêt, dit-il d'un ton sépulcral. Ouvrez-nous la voie, prince Cor, vers Narnia et le Nord.

Mais il avait plus l'air d'un cheval de corbillard se rendant à un enterrement que d'un prisonnier depuis longtemps captif retournant vers son pays et la liberté.

Chapitre 15
Rabadash le Ridicule

Après le tournant suivant, ils sortirent du couvert des arbres et là, au-delà de vertes pelouses, abrité du vent du nord par la haute crête boisée à laquelle il était adossé, le château d'Anvard leur apparut. Très vieux, il était construit en pierre d'un brun rougeâtre assez chaleureux.

Avant qu'ils eussent atteint la porte, le roi Lune sortait déjà pour venir à leur rencontre. Il n'avait absolument pas l'air d'un roi tel qu'Aravis se l'imaginait. Les vêtements qu'il portait étaient vieux, les plus vieux qui soient, car il rentrait juste d'une tournée des chenils avec son garde-chasse et ne s'était arrêté qu'un instant pour laver ses mains salies par les chiens. Mais c'est avec une majesté digne d'un empereur qu'il s'inclina devant Aravis en lui prenant la main.

– Jeune dame, dit-il, nous vous souhaitons la bienvenue du fond du cœur. Si ma chère épouse était encore de ce monde, nous aurions pu vous ménager un meilleur accueil, mais certainement pas plus sincère. Je suis désolé que vous ayez eu tous ces malheurs et que vous ayez dû vous arracher à la maison de votre père, ce qui ne peut être pour vous qu'une grande peine. Mon fils Cor m'a tout raconté de vos aventures ensemble et de la bravoure dont vous avez fait preuve.

– C'est lui qui a fait tout cela, Sire, répondit Aravis. C'est-à-dire qu'il s'est jeté sur un lion pour me sauver la vie.

– Heu… Quelle est cette histoire ? demanda le roi Lune dont le visage s'éclairait. Je ne connaissais pas cet épisode de vos aventures.

Aravis le lui raconta donc. Et Cor, qui avait beaucoup souhaité que l'histoire fût connue, tout en sentant bien qu'il ne pouvait la raconter lui-même, n'en tira pas le plaisir qu'il avait espéré, et se sentit en fait plutôt ridicule. Mais son père l'apprécia énormément et, dans les semaines qui suivirent, la répéta à tant de monde que Cor aurait préféré que cela ne soit jamais arrivé.

Puis le roi se tourna vers Hwin et Bree et se montra tout aussi courtois avec eux qu'avec Aravis, leur posant nombre de questions sur leurs familles et l'endroit où ils vivaient à Narnia avant d'être capturés. Les chevaux étaient trop intimidés pour parler, car ils n'étaient pas encore habitués à ce que des humains leur parlent d'égal à égal… enfin, des humains adultes. Ils ne tenaient pas compte d'Aravis ni de Cor.

À cet instant, la reine Lucy sortit du château pour les rejoindre, et le roi Lune dit à Aravis :

– Ma chère, voici une charmante amie de la maison, qui a veillé à ce que vos appartements soient arrangés au mieux, ce que je n'aurais su faire aussi bien qu'elle.

– Vous aimeriez sans doute venir les voir, n'est-ce pas ? proposa Lucy en embrassant Aravis.

Elles se plurent d'emblée et s'éloignèrent ensemble pour parler de la chambre et du boudoir d'Aravis, de l'urgence de lui procurer des vêtements, et de toute cette sorte de choses dont les filles parlent entre elles en de telles occasions.

Après le déjeuner qu'ils prirent sur la terrasse (volailles froides, pâté de gibier en croûte, du pain, du vin et du fromage), le front du roi Lune se plissa, tandis qu'il poussait un soupir en disant :

– Hé, ho ! Nous avons toujours sur les bras ce lamentable Rabadash, les amis, et il nous faut décider ce que nous allons faire de lui.

Lucy était assise à la droite du roi et Aravis à sa gauche. Le roi Lune trônait à un bout de la table, et, à l'autre bout, le seigneur Darrin lui faisait face. Dar, Peridan, Cor et Corin étaient du même côté que le roi.

– Votre Majesté aurait incontestablement le droit de lui trancher la tête, dit Peridan. Le genre d'assaut qu'il a lancé le met au rang des assassins.

– C'est parfaitement exact, acquiesça Edmund. Mais même un traître peut s'amender. J'en ai connu un qui l'a fait.

Et il parut soudain très pensif.

– Tuer ce Rabadash nous amènerait au bord de la déclaration de guerre avec le Tisroc, observa Darrin.

– Je me moque bien du Tisroc, dit le roi Lune. Sa force réside dans le nombre, et le nombre ne traversera jamais le désert. Mais je ne suis guère porté à tuer un homme, même un traître, de sang-froid. Lui avoir tranché la gorge au combat m'aurait puissamment soulagé, mais là, il s'agit d'autre chose.

– Si vous m'en croyez, intervint Lucy, Votre Majesté lui donnera une seconde chance. Qu'il reparte libre, contre le ferme engagement de se comporter loyalement dans l'avenir. Il n'est pas impossible qu'il tienne parole.

– Le jour où les gorilles se comporteront comme des gens bien élevés, chère sœur… dit Edmund. Mais, par le Lion, s'il y manque à nouveau, que ce soit dans des conditions telles que l'un d'entre nous puisse lui faire sauter la tête en franc combat.

– Nous allons essayer, dit le roi.

Et, se tournant vers un de ses écuyers :

– Mon ami, envoyez chercher le prisonnier.

Rabadash fut amené devant eux chargé de chaînes. À le regarder, n'importe qui aurait pensé qu'il avait passé la nuit dans un immonde donjon sans eau ni nourriture ; alors qu'en réalité il avait été enfermé dans une chambre tout à fait confortable et gratifié d'un excellent souper. Mais comme il avait boudé le souper, car il était beaucoup trop furieux pour y toucher, et qu'il avait passé toute la nuit à marcher de long en large, à gronder et à jurer, il n'apparaissait évidemment pas sous son meilleur jour.

– Point n'est besoin de rappeler à Votre Altesse Royale, lui dit le roi Lune, que, tant par le droit des gens que pour toutes raisons de sage politique, nous avons plus de droits à disposer de votre tête que jamais aucun homme mortel n'en a eu sur la tête d'un autre. Néanmoins, en considération de votre jeunesse et de la mauvaise éducation, dépourvue de toute gentillesse et courtoisie, que vous avez sans doute reçue dans ce pays d'esclaves et de tyrans, nous sommes disposés à vous renvoyer libre, sans armes, aux conditions suivantes : d'abord, que…

– Maudit sois-tu, chien de barbare ! éructa Rabadash. Crois-tu que je vais seulement écouter tes conditions ? Peuh ! Tu parles pompeusement d'éducation et de je ne sais trop quoi. C'est facile, devant un homme enchaîné, hein ! Débarrasse-moi de ces viles entraves, donne-moi une épée et laisse quiconque l'oserait alors parmi vous en découdre avec moi.

Presque tous les seigneurs bondirent sur leurs pieds, et Corin hurla :

– Père, est-ce que je peux le boxer ? S'il vous plaît !

– Du calme ! Vos Majestés ! Messeigneurs ! intervint le roi Lune. L'affaire qui nous réunit est trop sérieuse pour que nous nous laissions froisser par la provocation d'un vaurien. Asseyez-vous, Corin, ou veuillez quitter cette table.

Puis, se tournant vers Rabadash :

– Je demande à nouveau à Votre Altesse d'écouter nos conditions.

– Je n'écouterai certainement pas les conditions posées par des barbares et des sorciers, répondit Rabadash. Que pas un de vous ne s'avise de toucher à un seul cheveu de ma tête. Chacune des insultes que vous avez déversées sur moi sera payée par des océans de sang archenlandais et narnien. Terrible sera la vengeance du Tisroc, d'ores et déjà. Mais tuez-moi, et les tortures, les bûchers dans ces terres du Nord deviendront une légende propre à effrayer le monde pendant des milliers d'années. Prenez garde ! Prenez garde ! Prenez garde ! La foudre de Tash va s'abattre sur vous !

– Cette foudre, il ne lui arrive jamais d'être arrêtée à mi-chemin par un piton dans un mur ? demanda Corin.

– Vous devriez avoir honte, Corin, dit le roi. Ne vous moquez jamais d'un homme, sauf s'il est plus fort que vous. Dans ce cas seulement, ne vous gênez pas.

– Oh ! stupide Rabadash, soupira Lucy.

La seconde suivante, Cor se demanda pourquoi tout le monde s'était levé et ne bougeait plus. Il fit évidemment de même. Et alors, il en comprit la raison. Aslan était au milieu d'eux sans que personne l'ait vu arriver. Rabadash sursauta en voyant l'immense silhouette du Lion s'avancer sans bruit entre ses accusateurs et lui.

– Rabadash, dit Aslan, fais attention. Ton châtiment est très proche, mais tu peux encore y échapper. Oublie ta fierté (de quoi donc peux-tu être fier ?) et ta colère (qui donc s'est mal conduit envers toi ?), et accepte la grâce de ces bons rois.

Alors Rabadash roula des yeux, étira sa bouche dans un sourire sans joie, comme celui d'un requin, et fit bouger ses oreilles de haut en bas (tout le monde peut apprendre à faire ça à condition de s'en donner la peine). Cela s'était toujours révélé efficace à Calormen. Les plus braves avaient tremblé en le voyant faire ces grimaces, les gens ordinaires étaient tombés par terre et, souvent, des personnes sensibles s'étaient évanouies. Mais ce que Rabadash n'avait pas compris, c'était qu'il est très facile de faire peur à des gens qui savent qu'il vous suffit d'un mot pour les envoyer se faire brûler vifs. Les grimaces n'avaient rien d'effrayant en Archenland. En fait, Lucy pensa seulement que Rabadash allait vomir.

– Démon ! démon ! démon ! vociféra le prince. Je te connais. Tu es le monstre immonde de Narnia. Tu es l'ennemi des dieux. Sache qui je suis, horrible fantasme. Je descends de Tash, l'inexorable, l'irrésistible. La malédiction de Tash est sur toi. Des éclairs en forme de scorpions vont pleuvoir sur toi. Les montagnes de Narnia seront réduites en cendres. Les…

– Attention à toi, Rabadash, dit calmement Aslan. Le châtiment est plus proche à présent, il est à la porte ; il a levé le loquet.

– Que le ciel nous tombe sur la tête ! hurla Rabadash. Que la terre s'ouvre sous nos pas ! Que le monde soit ravagé par le fer et par le feu ! Mais vous pouvez être sûrs que je n'abandonnerai jamais avant d'avoir ramené dans mon palais la reine barbare en la traînant par les cheveux, cette fille de chiens, cette…

– L'heure a sonné, laissa tomber Aslan.

Et Rabadash, absolument horrifié, vit que tout le monde se mettait à rire.

Ils ne pouvaient pas se retenir. Rabadash avait continué à remuer ses oreilles sans arrêt, et dès qu'Aslan eut dit « l'heure a sonné », ses oreilles se mirent à changer. Elles s'allongèrent et devinrent pointues, avant d'être bientôt couvertes de poils gris. Alors que chacun se demandait où il avait déjà vu de telles oreilles, le visage de Rabadash commença à changer lui aussi. Il s'allongeait, le haut s'élargissait, les yeux s'agrandissaient, son nez s'enfonçait à l'intérieur du visage (à moins que ce ne soit le visage qui ait enflé en absorbant le nez) et il se recouvrait de poils. Ses bras aussi s'allongèrent en descendant devant lui jusqu'à ce que ses mains reposent sur le sol ; sauf que ce n'étaient plus des mains, mais des sabots. Et il se tenait à quatre pattes, ses vêtements avaient disparu, et tout le monde riait de plus en plus fort (parce qu'ils ne pouvaient pas s'en empêcher) car, maintenant, ce qui avait été Rabadash était devenu, tout simplement et sans erreur possible, un âne.

Ce qui était terrible, c'était que sa voix d'homme survécut juste un instant à sa forme humaine, si bien

que, quand il se rendit compte du changement qui l'affectait, il hurla :

– Oh ! non, pas en âne ! Pitié ! Si encore c'était en cheval, en-or-un-che-aaal-aouh-hi-han-hi-han.

Et les mots se perdirent dans un braiment.

– Maintenant, écoute-moi, Rabadash, dit Aslan. La justice n'empêche pas la pitié. Tu ne seras pas toujours un âne.

Là-dessus, bien sûr, l'âne bascula d'un coup ses oreilles en avant – et cela aussi, c'était si drôle que tout le monde se mit à rire encore plus. Ils essayaient de se retenir, mais en vain.

– Tu en as appelé à Tash, dit Aslan, et c'est dans le temple de Tash que tu seras guéri. Tu devras te tenir devant l'autel de Tash à Tashbaan, pendant la grande fête d'Automne de cette année et là, au vu de tout Tashbaan, ta dépouille d'âne tombera à tes pieds et tous les hommes présents te reconnaîtront comme étant le prince Rabadash. Mais, aussi longtemps que tu vivras, si jamais tu t'éloignes de plus de dix kilomètres du grand temple de Tashbaan, tu redeviendras à l'instant même ce que tu es maintenant. Et cette seconde métamorphose sera définitive et sans appel.

Il y eut un bref silence, puis ils s'ébrouèrent tous en se regardant les uns les autres comme s'ils sortaient du sommeil. Aslan était parti. Mais il y avait, dans l'air comme sur l'herbe, un éclat particulier, et dans leur cœur une joie qui leur confirmait que ça n'avait pas été du tout un rêve ; d'ailleurs, l'âne se tenait devant eux.

Le roi Lune était l'homme au cœur le plus compatissant qui soit, et quand il vit son ennemi dans une situation si regrettable, il oublia instantanément toute rancune :

– Altesse Royale, dit-il, je suis très sincèrement désolé que les choses en soient arrivées à cette extrémité. Votre Altesse pourra témoigner que ce ne fut en rien notre fait. Et bien sûr, nous serons très heureux de pouvoir assurer le retour par mer de Votre Altesse à Tashbaan pour le... heu... traitement prescrit par Aslan. Vous bénéficierez de tout le confort qu'autorise la situation particulière de Votre Altesse : le meilleur des bateaux équipés pour le transport de bétail... les carottes les plus fraîches et des chardons...

Mais un braiment assourdissant et une ruade décochée avec précision à l'un des gardes montrèrent clairement que ces aimables propositions n'étaient pas accueillies avec reconnaissance.

Et là, pour nous débarrasser de ce personnage, je ferais mieux de raconter tout de suite la fin de l'histoire de Rabadash. Il fut dûment renvoyé par bateau à Tashbaan et emmené au temple de Tash pour la grande fête d'Automne et là, il redevint un homme. Mais, bien sûr, quatre ou cinq mille personnes avaient assisté à la transformation et l'affaire ne pouvait pas être étouffée. Après la mort du vieux Tisroc, quand Rabadash devint Tisroc à sa place, il se révéla le Tisroc le plus pacifique que Calormen ait jamais connu. Cela parce que, n'osant pas s'éloigner de Tashbaan de plus de dix kilomètres, il ne pouvait jamais partir lui-même en guerre ; et il ne voulait pas que ses tarkaans deviennent populaires à ses dépens, car c'est ainsi que les Tisrocs finissent par être renversés. Mais, pour égoïstes que soient ses motivations, cela améliora considérablement les choses pour tous les petits pays avoisinant Calormen. Son propre peuple n'oublia jamais qu'il avait été un âne. Pendant la durée de son règne, et en face de lui, on l'appelait Rabadash le Pacificateur, mais derrière son dos, et après sa mort, il était évoqué comme Rabadash le Ridicule, et si vous le cherchez dans une bonne *Histoire de Calormen* (essayez la librairie la plus proche), c'est sous ce nom que vous le trouverez. Encore aujourd'hui, dans les écoles calormènes, si vous faites quelque chose de particulièrement stupide, vous avez beaucoup de chances d'être traité de « Rabadash ».

Entre-temps, à Anvard, tout le monde était très content qu'on lui ait réglé son compte avant que ne commencent les vraies réjouissances, c'est-à-dire une grande fête tenue ce soir-là sur la pelouse devant le château, avec des douzaines de lanternes pour renforcer la lumière de la lune. Et le vin coulait à flots, des histoires étaient racontées, des plaisanteries fusaient, puis le silence se fit, et le poète du roi, accompagné de deux violonistes, s'avança au milieu du cercle. Aravis et Cor se préparèrent à vivre un moment d'ennui, car la seule poésie qu'ils connaissaient était de style calormène, et vous savez maintenant à quoi cela ressemble. Mais au tout premier vibrato des violons, ce fut comme si une fusée avait décollé dans leurs têtes, et le poète chanta le grand lai ancien du Bel Olvin qui combattit le géant Pire et le changea en pierre (telle est l'origine du mont Pire – c'était un géant à deux têtes) et gagna le cœur de dame Liln qui devint son épouse ; et quand ce fut fini, les deux enfants auraient voulu que cela recommence. Bree, qui ne savait pas chanter, raconta l'histoire de la bataille de Zalindreh. Lucy narra une fois de plus (tous, excepté Aravis et Cor, l'avaient entendu très souvent mais ils voulaient tous l'entendre de nouveau) le conte de l'Armoire magique et comment elle, le roi Edmund, la reine Susan et Peter le roi suprême étaient venus pour la première fois à Narnia.

À ce moment-là, comme on pouvait s'y attendre, le roi Lune dit qu'il était temps pour les jeunes d'aller au lit.

– Et demain, Cor, ajouta-t-il, vous viendrez visiter tout le château avec moi pour voir le domaine et vous rendre compte de toute sa force comme de sa faiblesse : car il sera sous votre garde quand je ne serai plus là.

– Mais, Père, Corin sera roi à ce moment-là, dit Cor.

– Nenni, mon garçon. Vous êtes mon héritier. La couronne vous revient.

– Mais je n'en veux pas, dit Cor. J'aurais plutôt…

– Il n'est en rien question de votre volonté, Cor, ni de la mienne, d'ailleurs. De par la loi, il en est ainsi.

– Mais si nous sommes jumeaux, nous devons avoir le même âge.

– Nenni, dit le roi en riant. Il faut bien que l'un des deux soit le premier. Vous êtes plus vieux que Corin de vingt bonnes minutes. Et meilleur que lui aussi, mais cela, ce n'est pas un exploit.

Et il regarda Corin en lui faisant un clin d'œil.

– Mais, Père, ne pourriez-vous désigner qui vous voulez pour être le prochain roi ?

– Non. Le roi est soumis à la loi, car c'est la loi qui le fait roi. Vous n'avez pas plus le pouvoir de rejeter votre couronne qu'une sentinelle n'a celui d'abandonner son poste.

– Oh ! là, là ! dit Cor. Je ne veux absolument pas. Et, Corin… je suis terriblement désolé. Je n'aurais jamais imaginé que ma réapparition allait te chiper ta royauté.

– Hourra ! Hourra ! s'exclama Corin. Je ne serai pas roi ! Je ne serai pas roi ! Je serai toujours prince. Tout l'amusement, c'est pour les princes.

– C'est plus vrai encore que votre frère ne le croit, Cor, dit le roi Lune. Car voici ce que ça signifie d'être roi : être le premier pour toute attaque désespérée et le dernier dans toute retraite désespérée, et quand il y a une famine dans le pays (comme il est fatal de temps à autre, les mauvaises années) porter de plus beaux atours et rire plus fort que n'importe quel homme de votre royaume devant un repas plus frugal que celui de n'importe qui.

Quand les deux jeunes garçons montèrent se coucher, Cor demanda à Corin si on n'y pouvait vraiment rien. Et Corin lui répondit :

– Si tu dis encore un mot à ce sujet, je vais te… je vais te casser la figure.

Ce serait bien de finir cette histoire en disant qu'après cela, les deux frères ne furent plus jamais en désaccord sur rien, mais j'aurais peur que ce ne soit pas vrai. En réalité, ils se disputèrent et se battirent à peu près aussi souvent que n'importe quelle autre paire de garçons, et à la fin de toutes leurs bagarres – quand ce n'était pas dès le commencement – Cor allait au tapis. Car même si, quand ils furent tous deux plus grands et manièrent l'épée, Cor devint l'homme le plus redoutable au combat, ni lui ni personne d'autre dans les pays du Nord ne put jamais égaler Corin comme boxeur. C'est ainsi qu'il gagna son surnom de Corin la Foudre-au-Poing ; et ainsi qu'il réalisa son grand exploit contre l'ours Relaps du pic des Tempêtes, un ours parlant, en fait, mais qui était retourné à des habitudes d'ours sauvage. Corin grimpa jusqu'à son antre du côté narnien du pic des Tempêtes, par un jour d'hiver où la neige recouvrait les collines, et le boxa sans chronomètre pendant trente-trois rounds. À la fin, l'ours Relaps n'y voyait plus rien, et devint un ours tout à fait rangé.

Aravis aussi se disputait souvent avec Cor (et même, je crains de devoir le dire, se battait avec lui), mais ils se réconciliaient toujours. Si bien que, des années plus tard, quand ils furent adultes, ils étaient si habitués à se disputer et à se réconcilier qu'ils se marièrent pour continuer à le faire plus commodément. Et après la mort du roi Lune, ils firent un bon roi et une bonne reine d'Archenland, et Ram le Grand, le plus fameux de tous les rois d'Archenland, était leur fils. Bree et Hwin vécurent heureux à Narnia jusqu'à un âge avancé et se marièrent, mais chacun de son côté. Et il n'y eut guère de mois où, ensemble ou séparément, ils ne passèrent le col au petit trot pour rendre visite à leurs amis d'Anvard.

Table des matières

Au lecteur

Il ne faudrait pas croire que, pour C. S. Lewis, les gens à peau claire soient meilleurs et plus valeureux que les gens à peau sombre, ni que les pays situés au sud soient tyranniques et ceux situés au nord démocratiques. Par exemple, Aravis, fille du Sud, est noble, courageuse et fidèle tandis que Bree, le cheval parlant venu du Nord, est tourné en dérision.

Le Cheval et son écuyer a été écrit en 1954. À cette époque où la Grande-Bretagne se relevait péniblement de la guerre contre le nazisme, l'auteur du Monde de Narnia cherchait à faire partager son amour pour son pays, un pays où le soleil ne brillait pas tous les jours mais où régnait un climat de liberté, d'ouverture d'esprit et d'optimisme. Cet amour peut paraître s'exprimer sous la forme d'un manichéisme sommaire pour un lecteur d'aujourd'hui. Ce n'est qu'une apparence. Ne sont condamnées que des institutions et une culture de l'oppression, et non des individus présentés, eux, comme fondamentalement égaux, et appréciés selon leurs actes.

Narnia est avant tout une terre de tolérance, de respect de l'humanité comme de la nature.

Clive Staple Lewis

L'auteur

Clive Staple Lewis est né à Belfast en 1898. Enfant, il était fasciné par les mythes, les contes de fées et les légendes que lui racontait sa nourrice irlandaise. L'image d'un faune transportant des paquets et un parapluie dans un bois enneigé lui est venue à l'esprit quand il avait seize ans. Mais c'est seulement de nombreuses années plus tard, alors que C. S. Lewis était professeur à l'université de Cambridge, que le faune fut rejoint par une reine malfaisante et un lion magnifique. Leur histoire, *Le Lion, la Sorcière Blanche et l'Armoire magique*, est devenue un des livres les plus aimés de tous les temps. Six autres volumes ont suivi. Le prestigieux prix Carnegie, la plus haute distinction de littérature pour la jeunesse au Royaume-Uni, a été décerné au dernier volume, *La Dernière Bataille*, en 1956.

Pauline Baynes

L'illustratrice

C'est J. R. R. Tolkien qui a présenté **Pauline Baynes** à C. S. Lewis. Ses illustrations pour Le Monde de Narnia s'étalent sur une période remarquablement longue, depuis *Le Lion, la Sorcière Blanche et l'Armoire magique*, paru en 1950, jusqu'à la mise en couleurs, à la main, de l'intégralité des sept titres, près de cinquante ans plus tard ! Pauline Baynes a remporté la Kate Greenaway Medal et compte parmi les meilleurs illustrateurs pour enfants de notre époque.

Mise en pages : Maryline Gatepaille

Loi n° 49-956 du 16 juillet 1949
sur les publications destinées à la jeunesse
ISBN : 978-2-07-508850-3
Numéro d'édition : 320870
Premier dépôt légal dans la même collection : mai 2001
Dépôt légal : août 2017

Imprimé en France par Pollina - 80967